金継ぎの家
あたたかなしずくたち

ほしおさなえ

幻冬舎文庫

金継ぎの家

あたたかなしずくたち

プロローグ

　ベランダに出て洗濯物を干す。空が青い。まだまだ寒いが、春が近づいているのがわかる。金沢に来てひと月経ち、ここの暮らしにも少しずつ慣れてきた。

　わたしは東京のホテルでコンシェルジュとして働いている。今年になって系列の金沢のホテルでベテランのコンシェルジュがひとり抜けることになり、補充のため、夏休みシーズンが終わるまでこちらに派遣されることになった。

　長期間娘と離れて暮らすのははじめてのことで、母親としては不安だった。だが娘ももう高校生だし、母もいっしょに暮らしている。相談してみると、母にも娘にも、半年ちょっとでしょ、大丈夫だよ、とあっさり言われた。

　実家暮らしから結婚し、娘が三歳のときに離婚。その後はしばらく娘とふたり暮らし。父が亡くなったあと、大森の実家に戻って母と三人で暮らすようになった。だからよく考えると、ひとり暮らしというのはこれがはじめてだ。

ひとりの部屋から出勤し、ひとりの部屋に帰る。越してきたのが冬だったからだろうか。はじめのうちは寒々しく、落ち着かなかった。だがしだいに慣れ、これはこれで良いところもあるな、と思うようになった。

そういえば、いまは石川県立美術館で古九谷の展覧会が開かれているはずだ。今日はそれを見に行こう。軽い朝食をとったあと、外に出た。

兼六園を横目に見ながら県立美術館にはいる。広いロビーを抜けてエスカレーターで二階にあがった。古九谷展には色あざやかな名品がならんでいた。

器面いっぱいに鳳凰を描いた色絵鳳凰図平鉢、鶴にトランプ文様を配した色絵鶴かるた文平鉢、欧米の絵画のような大樹が描かれた青手樹木図平鉢、皿の中央の海老が異様な迫力を放つ色絵海老藻文《そうもん》平鉢。大胆で生き生きした絵柄に心が躍った。

ひとまわりして、展示室の外に出た。廊下には大きな窓があり、日の光がさしこんでくる。人が少なく、落ち着いた雰囲気だ。となりの金沢21世紀美術館のあかるく楽しい雰囲気も良いが、わたしはこのしずけさが好きだった。

中二階のカフェで少し休んだあと、となりの修復工房まで足を運んだ。石川県文化財保存修復工房。修復の様子が公開されていて、訪れた人がガラス越しに作業を見ることができるようになっている。

お昼どきだからだろうか。修復室にはだれもいなかった。前室では陶磁器の修復の映像が流れていて、年配の夫婦が画面を熱心にながめている。わたしもうしろに座った。映像を見るうちに、器を繕う母の姿を思い出した。

わたしの母・千絵は器を直す仕事をしている。いわゆる「金継《きんつ》ぎ」だ。わたしが中学生だったころにはじめ、最初は知り合いに頼まれる程度だったが、だんだん本腰を入れるようになった。

父の介護があるあいだはずっとお休みしていたが、死後しばらくして再開、しだいに仕事を増やしていった。いまは個人の客だけでなく焼き物のお店から頼まれることもあり、けっこう繁盛しているようだ。

――ほんとは、金継ぎっていう言い方はちがうんだけどね。

母はよくそう言っていた。金継ぎ、と呼ばれるが、金でつなぐわけではない。実際に器をつないでいるのは漆だ。そこに最後に金をのせる。銀、漆の色やほかの色をのせることもある。だから母は修繕のことを「繕い」とだけ言っていた。

だが最近は、金継ぎという言葉が器の修繕の総称のように使われているらしく、母も人に説明するときは通りが良いように金継ぎと言っている。

金継ぎは、美術館で行われている修復とは少しちがう。

美術館の修復は、もとの形に戻すことが第一だ。最近の技術だと、紙、木工品、陶磁器、漆器、どんなものでも、どこが破損していたのか一見わからないところまで修復できるのだそうだ。だが、食器として利用することは考えられていない。だから口に入れてよい素材のみで修復されているわけではないようだ。

一方、金継ぎでは口をつけても安全な漆を用いる。繕った跡は残るが、日本には古来そうして生まれたあたらしい景色を楽しむという伝統がある。割れや欠けは自然の生み出した形だ。そこに別の色を入れることで前とはちがう景色が生まれる。実用性とともに、金継ぎにはそういう面白さもあるのだろう。


しばらく映像をながめてから、建物を出て美術館裏の森に向かった。本多の森公園という、かつて本多家の上屋敷があった場所だ。斜面には門と塀、つづら折りの階段が再現され、遊歩道になっている。

階段を降りると中村記念美術館、さらに進むと鈴木大拙《だいせつ》館。

しずかな道を歩きながら、むかしのことを思い出した。大学生のころは、大学院に進学して工芸を学び、大学の研究者か学芸員になりたい、と漠然と思っていた。でも結局、父に反対されて就職する道を選んだ。

——研究者や学芸員になんて、なれるわけないだろう。

——うちにはそんな余裕はない。

——女は学歴が高いと結婚できない。

なにを言ってもけんもほろろで、泣く泣く引きさがった。あのときは悔しかった。女だからダメなんだ。男女雇用機会均等法なんていっても、結局嘘なんだ。悔しくて腸《はらわた》が煮えくりかえるようだった。

美術の次に興味があったのは観光だったから、就職活動ではホテルや旅行代理店を志望した。研究職に必要だろうと語学を熱心に勉強していたのが役立って、大手チェーンのホテルに採用された。

はじめてみると、仕事は楽しかった。就職して二年後に、大学の同期の智己《ともき》と結婚。寿退職する人も多かったが、わたしは勤めを続けたかった。だから、少なくともベルキャプテンになるまでは子どもを産まない、と決めていた。

出産したら休職せざるを得ない。職場に復帰しても自由にならないことは先輩たちを見てわかっていた。ホテル業務は時間が不規則だ。子どもを保育園に入れても、預けられるのは夕方六時まで。だからみな現場を離れ、総務部や管理部に異動する。

現場に完璧に復帰できるまでには十年はかかる。結局そのまま総務部や管理部に勤め続ける人も多いと聞いた。だから、子どもを産む前に少しでも昇進して、地位を固めておきたかった。

だが、うまくいかなかった。語学も経験もわたしより劣る男性が昇進するのを見て歯嚙みしたが、智己の親族と会うたびに子どものことを訊かれた。結局願いがかなわないまま妊娠し、真緒が生まれた。

真緒を保育園に入れ、半年で職場に復帰。管理部の時短勤務だった。それでも真緒はしょっちゅう熱を出し、そのたびに休まなければならなくなる。現場からどんどん置いていかれるようで、焦りだけがつのった。

真緒はかわいかったけれど、母親になったことで人間だったわたしが消えていく気がした。智己はなにも手伝ってくれない。その不公平さに腹を立て、わたしはかたくなになり、智己も家に帰らなくなり、うちは壊れてしまった。

もちろん両親は離婚に反対だった。父は、子どものことを考えろ、と激しく怒り、母は泣いた。実家に近寄ることもままならなくなり、わたしはひとりで真緒を育てた。仕事と育児の両立は予想以上に厳しく、経済的にも体力的にもぎりぎりだった。

なによりも、失敗した自分を許せなかった。人生ではじめての取り返しのつかない大きな失敗。智己を傷つけ、自分も傷ついた。わたしたちふたりだけの問題じゃない。真緒の人生にも影響を与え、両親との仲も険悪になった。

娘が小学校一年のときに父が倒れ、わたしは仕事の合間に頻繁に大森の実家に手伝いに行くようになった。父もはじめは渋い顔をしていたが、少しずつ仲が回復し、父の死後、母と同居するようになった。

それでようやく現場に戻り、フルタイム勤務できるようになったのだ。フロント業務に戻り、少しずつ昇進し、三年前にコンシェルジュになった。

わたしがこんななのに、真緒はまっすぐに育った。わたしが子どもだったころはあんなじゃなかった。もっととげとげして、自分のことしか考えてなかった。

真緒には無理をさせてしまったのかもしれない。小学校にあがってから留守番も多かったし、ほんとならもっとわがままを言うような時期も、疲れ切ったわたしに気をつかって我慢していたような気がする。

真緒は怒ったり、癇癪《かんしゃく》を起こしたりしたことがほとんどない。いやなことはあるのかもしれないが、態度に出さない。飲みこんで、やり過ごす。まわりに気をつかいすぎて、自分の思いを抑えこんでいるのではないか、とときどき心配になった。

本多通りをぶらぶら歩く。知らない骨董品店を見つけ、ふらっとはいった。雑貨店のようなモダンな造りで、置かれている品も手に取りやすい価格の小物が多かった。棚をながめていたとき、隅に置かれた小さな漆器に目が留まった。木目が透けた香合だ。

これは、飛騨春慶……?

飛騨春慶とは飛騨高山のあたりで作られている漆器だ。木目を見せることが主なので、箔絵《はくえ》や蒔絵《まきえ》、螺鈿《らでん》などの加飾をほどこすことはない。つるつるに仕上げた木地に何度も透き漆を塗り、磨き、塗り、磨き、とくりかえす。漆の力で表面に琥珀《こはく》のような艶が宿り、木目がさらに浮きあがる。

母が高山の生まれで、飛騨春慶の塗師《ぬし》の家系だったのだ。家に漆があったから、曽祖母はよく人に頼まれて器を繕っていて、母はそれを手伝ううちに繕いを覚えたらしい。高山の家から受け継いだものもあり、大森の実家にはいくつも飛騨春慶の器があった。

だが、飛騨春慶は岐阜県のものだ。石川県には輪島塗や山中塗など有名な漆器が多い。棚に置かれたほかの漆器はおそらく輪島塗か山中塗で、黒や朱のもの、蒔絵や沈金などの細工がほどこされているものばかり。透けた艶を持つのはこの香合だけ。輪島塗や山中塗にも透き漆を使うものがあるのかもしれない。

それに、赤いのも気になった。うちにある飛騨春慶は木そのものに近い黄金色のものばかりだ。やはり別の産地のものなのだろうか。

店の人に訊くと、飛騨春慶と言っていいだろう、と言う。飛騨春慶は黄金色の艶を持つものが主流だが、ときどき赤いものがあって、紅春慶と呼ばれるのだそうだ。ただし、この器は飛騨高山産ではないらしい。

金沢の茶道家の持ち物だったが、その人が亡くなって家族が手放した。家族の話によれば、その器は以前高山にいた塗師がよそで作ったものらしい。茶道家はその塗師の器を気に入って、いくつも持っていたのだそうだ。

だから、技法的には飛騨春慶なんですが、産地は別なんですよ、と店の人は言った。

なぜかどうしようもなくその赤に引きつけられた。茶道をするわけでもなし、香を焚くこともないが、ただ飾っておくだけでもうつくしい。少し高いが、買っていくことにした。

外で夕食をとり、数日分の食料品の買い物をすませて帰宅。暗い部屋に電気をつけ、買ってきたものを冷蔵庫に入れる。

いつも大勢の人に囲まれる職場にいて、そのことを苦に思ったことはないのだが、ひとりきりで過ごす時間も悪くない。ふだんは見ることのない自分の内面に目を向け、気持ちを整理できた気がした。

だが、それも今日一日だけのこと。明日からはまたしばらく休みがない。

そういえば、真緒は明日が終業式だったはず。ダイニングの椅子に腰かけ、家に電話をかけた。

電話には母が出た。母も真緒も元気にしているみたいだ。金継ぎもあいかわらず繁盛しているようで、お客さんの話をあれこれ聞いたあと、真緒に代わってもらった。

真緒も春休みが終われば高校二年生。そろそろ進路のことを真剣に考えなければならない。さりげなく訊いてみたが、まだなにも決まっていないみたいだ。真緒は素直だが、少々呑気《のんき》で、がむしゃらなところがない。そこも心配なところだ。

試験の結果を聞くかぎり、英語は苦手なままのようで、今学期の成績もあまり期待できない。とにかく、明日成績表をもらったら、写真を撮って送ってね、と言うと、ええー、と小さく叫んだあと、わかった、としぶしぶのように言った。

あんな調子で大丈夫なんだろうか。春休みやゴールデンウィークは休みを取るのがむずかしいけど、平日に二連休を取って、一度東京に戻らないと。母に話しても、真緒の人生なんだから、お前が焦ってもしょうがないよ、と言うんだろうけど。

ため息をつきながらお湯を沸かし、お茶を淹れた。カバンからさっき買った香合を取り出す。

きれいだな。

なめらかな手ざわり。透けた木目。つややかな赤。なぜかその赤に見覚えがある気がした。どこで見たのだろう。家にある春慶の器はみな黄金色なのに。

――返しなさい。

母の厳しい声が耳奥によみがえり、はっと香合を見直した。この赤。

そうだ、うちにもひとつだけ赤い春慶があったんだ。

あれは高校一年か二年のとき。裁縫道具を探していて、いつもは開けたことのない母の簞笥《たんす》の引き出しを勝手に開けた。探しているうちに小さく薄い箱を見つけ、なんだろうと思って開くと、なかにかんざしがはいっていた。

木でできた素朴な形。赤く血のような色合いだった。見た瞬間、惹きつけられ、目を離せなくなった。

なんてきれいなんだろう。

思わず手に取り、ぼうっとなでた。つややかで、なめらかで、うつくしい。だが、その底になにか激しいものが秘められている気がして、どきどきした。

――なにしてるの。

そのときうしろから声がした。母だった。

――あ、ごめんなさい。裁縫道具を探していて……。

そう言いかけたが、わたしの手のなかのかんざしを見て、母の顔色が変わった。

――返しなさい。

母がすっと手を出す。表情が険しく、口答えは許されない雰囲気だった。わたしは仕方なくかんざしと箱を差し出した。母は黙って受け取り、かんざしを箱にしまった。

――ごめんなさい、ただ、なにかな、と思って。それ、すごくきれいで……。

――二度と引き出しにさわらないで。

母はわたしの言い訳を無視してそう言った。

――人のものに勝手にさわるのは良くないことでしょう。

有無を言わせない口調だった。母は無言で箱におさめたかんざしを引き出しの奥にしまった。それがなんなのか訊くことなどできなかった。

以来、その引き出しを開けたことはない。家に母がいなくても、あのときの顔を思い出すと、とても見る気にはなれなかった。

あのころの母はいつも張り詰めていた。わたしは父と母がうまくいっていないと気づいていた。父は単身赴任中で家にいることは少なかったし、ケンカしているところを見たわけではない。だがたまに帰ってくる父に対する母の態度はぎこちなく不自然だった。

ある日、夜中に目が覚めて、母が台所でひとりで泣いているのを見てしまった。母のつぶやきから父にほかに女性がいるのかもしれない、と思った。足元がぐらぐらして、どこかに落ちてしまいそうだった。

それから、母の暗い表情を見るたびに、わたしの心も凍えた。うちが壊れてしまうのではないかと不安でならなかった。だが、だれにも相談できない。兄たちは両親のことには無頓着だし、母本人に話すわけにもいかなかった。

だが、結局なにも起こらなかった。わたしが大学にあがるころ父は単身赴任から戻り、なにごともなかったかのように暮らしはじめた。だからわたしもそのことを蒸し返そうとは思わなかった。

あの赤いかんざしはなんだったのだろう。あのとき母はなぜあんなに怒ったんだろう。考えてみると、わたしは母のことをなにも知らない気がする。母はいつも人の話を聞くばかりで、若いころのことも、父とのことも、なにも話したことがない。

指先にあのかんざしのなめらかな感触がよみがえり、つややかな赤い色を思った。

プロローグ……………………5

第一章　金継ぎの部屋……………21

第二章　塗師の娘…………………81

第三章　飛驒春慶…………………145

第四章　漆の森……………………221

エピローグ……………………293

第一章

金継ぎの部屋

1

終業式が終わり、同じクラスの朋子といっしょに学校を出た。

「もう高二かあ。早いなあ。来年は高三なんて信じられない」

朋子がぼやく。

駅までの道はぽかぽかとあたたかく、晴れているけれど、空は少し白く霞んでいる。舗道にできる影を見ているとなんだか眠くなってくる。

朋子の言う通りだ。自分が高二なんて信じられない。中高一貫の学校で、もう四年間が終わってしまったことになる。一日一日は長いのに、ふりかえってみるとなぜか短い。

「こんなんだったら、高校生活なんてすぐ終わっちゃうよお」

朋子がおおげさに嘆く。笑いながらなだめたけれど、わたしもちょっと怖くなった。来年は高三。大学受験？　進路もなにも決めてないのに？

駅から私鉄に乗る。昼の時間帯だから電車はがらがらで、ならんで座ることができた。

「進路、どうする？」

朋子が訊いてくる。

「朋子は推薦希望だったよね？」

「そうだけど……。でもなんか、だんだんわからなくなってきた。わたし、なにがやりたいんだろう」

前かがみになり、膝に肘をついて頭を抱える。

「そうかあ。わたしも全然わかんない。いまのまんま、ふつうに生きていければ、それでいいんだけどなあ」

天井を見ながらぼそっとつぶやく。つり革がぶらぶら揺れている。

「そりゃ、そうできるならそれがいいに決まってるじゃん！　でもやっぱ、大学出たらお金自分で稼がないといけないわけじゃない？　できる自信、全然ないけど」

朋子がはははっ、と笑う。

「そうだねえ」

まったくだ、と思いながらうなずく。こんな調子でいいわけがない。クラスのなかにはもう志望校をしっかり決めている子もいるんだ。

「ま、おたがい頑張ろう」

乗換駅でそう言い合って、別れた。

京浜東北線に乗って、大森で降りる。わたしの家は大森駅の西、山王の崖の上にある。八景坂をくだり、長い商店街を歩く。東京とは思えないようなのんびりした町だ。

母とわたしがその家に越してきたのは五年前、小学校六年にあがる春休みのことだ。九年前に祖父が亡くなってから、祖母はしばらくその家にひとりで住んでいた。

わたしが三歳のとき、父と母は離婚した。事情はよくわからない。むかし何度か理由を訊いたけれど、母は、わたしがわがままだったんだよね、としか言わなかった。その話になると母は決まって暗い顔をする。だからいつのまにか訊くのをやめてしまった。

ともかく、離婚については祖父からも祖母からも伯父たちからも反対があったらしく、母はしばらく実家に行かなくなった。ふたたび実家に足を運ぶようになったのは、わたしが小学校一年生くらいのころからだ。

祖父の具合が悪くなり、介護の手伝いに行かなければならなくなったのだ。伯父たちは地方勤務で、家族といっしょに遠方に住んでいる。だから母が行くしかなかった。

そのころ母はまだ管理部にいたから、土日は休むことができた。それで、休みになるとわたしを連れて大森の家に行くようになった。

わたしがいるからかもしれないが、表向きはもめたりしなかったし、離婚のことも一切口にしない。それでも雰囲気は重苦しくて、わたしも居場所がなく、庭に出たり、部屋の隅でぼんやりテレビを見たりしていた。

だが、だんだんどちらからともなく打ち解けていった。祖父の介護が忙しくなり、それどころじゃなかった、というのもあるけれど。

わたしが小学校二年のときに祖父は亡くなり、祖母はひとり暮らしになった。しばらく別々に暮らしていたが、結局わたしたちが大森の家に越すことになった。

祖母をひとりにするのは心配だったし、それまで賃貸マンションに住んでいたから家賃の節約にもなり、母も仕事に集中できる。転校するのは不安だったけど、それがいちばんいいとわたしも思った。

祖母の家は広かった。一階に居間と台所、祖父が使っていた部屋と和室が一間。二階にはむかしの伯父たちの部屋と母の部屋がある。祖母が和室、母は祖父が使っていた部屋、わたしはむかしの母の部屋を使うことになった。それまで住んでいた賃貸マンションの部屋の二倍以上の広さがあった。

あたらしい学校も悪くなかったし、母の現場復帰も順調だった。わたしはそのあと中学受験して、いまの学校に進んだのだった。

2

「ただいま」

「ああ、おかえり」

玄関を開けて声をかけると、ゆっくりと祖母が出てきた。

「お腹すいたあ」

「もうお昼すぎだもんね。じゃあ、準備しよう。今日はしらすのチャーハンね」

「やった。じゃあ着替えてくる」

とんとんと木の階段をのぼる。古い家だからか、階段が狭くて急だ。高い窓から光が落ちてきて、細かい傷がたくさんついた木の壁を照らす。むかし伯父や母が書いたらしい落書きの跡も残っていた。

階段をのぼりきるとすぐに祖母の作業場がある。かつて伯父たちが使っていた部屋をつなげてひと間にしたものだ。戸が開きっぱなしになっていて、なかが見えた。机の上に大きな器の破片がごろごろ転がっている。

ここに越してきてまず驚いたのはこの部屋だった。それまで祖母の家を訪ねても、二階まであがることはほとんどなかった。二階には金継ぎの部屋があって危ないから、あがってはいけない、と言われていたのだ。

だが引っ越してきて、以前母が使っていた二階の奥の部屋がわたしの部屋になることが決まり、わたしははじめて祖母の金継ぎの部屋のなかを見た。部屋の隅には水場もあり、広々としている。奥側には木の棚がならんでいて、焼き物がたくさん置かれていた。

わたしたちがふだん使っているような湯呑みや皿もあったが、なかには高級そうな大きな鉢や皿、壺のようなものもあって、よくわからないけど、おばあちゃんはすごい人なのかもしれない、と思った。

――ここにあるの、みんな金継ぎなの？

越してきてすぐのころ、祖母に訊いたことがある。母から聞いて、金継ぎが器を直すことだというのは知っていた。祖母が金継ぎ屋をしていて、人に頼まれて壊れた器を直していることも。だが、どうやって直すのかまでは知らなかった。

――そうだね。金継ぎ、っていう言い方は、ほんとはちょっとちがうんだけどね。

祖母は微笑《ほほえ》んだ。たしかに継ぎ目が金じゃない器もたくさんあって、なんで金継ぎって言うんだろう、と前から思っていた。

――これは金色じゃないよね。

——そう。これは金継ぎじゃなくて、溜継ぎっていうんだ。

——溜継ぎ？

——つないだあと、仕上げに飴色の漆を塗る方法だよ。

——漆……？

——いつも汁物を食べるときに使っている木のお椀、木なのに表面がつるつる光ってるでしょ。それは漆が塗ってあるからなんだよ。

——そうなんだ。

　言われてみると、その部分の艶はお椀の艶に似ている気がした。

——漆は漆の木の樹液で、塗料にもなるし、接着材にもなる。よく金継ぎって言うけど、金で継ぐわけじゃ、ないんだよ。ほんとは漆で継ぐんだ。最後に金の粉で仕上げれば金継ぎ。でも銀で仕上げるときもあるし、器の色に合わせて色はいろいろできる。

　祖母はそう言うと、となりの大きな鉢を指す。黒っぽい色で、ざらざらした質感、豪快で、いかにも手で作ったという感じの高そうな器だ。

——これは？

　一見、どこが継ぎ目かわからず、目を凝らす。

——この鉢はね、信楽焼。継ぎ目は、ここにある。

祖母は器の縁を指す。よく見ると、欠けたところが黒っぽい色で継がれていた。

――これはね、黒漆。お客さまから目立たないように、って言われたから継ぎ目は馴染むような感じにしたんだよ。

説明を聞きながら、ぽかんと器をながめた。こんなふうに直せるものなんだ。焼き物を直す、とは聞いていたが、こんなにきれいに直るものとは思っていなかった。

ときどきお客さんがやってきて、欠けたり罅《ひび》が入ったり、割れてしまったりした器を持ちこむ。修繕が終わるとお客さんがまた引き取りに来る。だから祖母の部屋の器は少しずつ入れ替わっていく。だが、それはゆっくりしたペースだった。

金継ぎにはとても時間がかかるらしい。一度つなぐだけではダメで、はみ出した漆を削って、また埋めて、と、二、三回は手をかける。さらに、漆が乾いてからでないと次の作業にはかかれない。漆が完全に乾くまで一ヶ月ほどかかることもある。

温度と湿度を調節できる室《むろ》に入れればもっと早く仕上げることができるようだが、祖母はそういう装置は使わず、自然の条件でやっている。

だから修繕を終えるまで長いときは三ヶ月くらいかかる。さらに漆が完全に乾かないうちはかぶれの危険があるそうで、依頼主に返せるのは仕上げを終えてから三ヶ月後。つまり、引き受けてからお返しするまでに半年もかかるのだ。

破片だった器がつながって、継ぎ目が少しずつきれいになり、最後、金や銀などの色で仕上げられ、帰っていく。そのあいだ器はずっと金継ぎの部屋に置かれている。

仕上げが終わると、器はびっくりするほどうつくしくなる。わたしはその器のもとの姿を知らないけれど、傷自体がひとつの模様みたいになって、それがその器のあたらしい姿なのだ、と思う。

ときどき作業場にはいりこんでながめていると、別に自分で使うわけでもないのに、なんとなく愛着が出てくるものもある。乾燥のための三ヶ月間が過ぎ、持ち主に引き取られてなくなってしまうと、少しさびしくなった。

でも、わたしは毎日学校に行っているし、土日やわたしの長期休みのときは、祖母もあまり作業をしない。だから、金継ぎの過程や仕上がった器を見ることはあっても、祖母が作業している姿を見ることはほとんどなかった。

カバンを置き、普段着に着替えて階段をおりる。祖母が野菜を切る音が響いていた。台所に行くと、祖母が包丁を持ち、青菜を刻んでいる。とんとんとんとんとものすごいスピードで、母もわたしもこれにはまったくかなわない。

見ると台の上のボウルには、みじん切りにされた野菜が山のように盛られている。

「こんなにはいるの？」

「大丈夫だよ、青菜は炒めるとすぐに小さくなっちゃうから」

祖母が笑った。

「わたし、なにしようか」

「じゃあ、冷蔵庫から卵としらす、出してくれる？」

「うん。卵いくつ？」

「ふたつ」

冷蔵庫の扉を開け、しらすを探す。卵入れから卵をふたつ。棚から小さなボウルを出して、卵を割り入れ、箸でほぐす。

祖母は中華鍋に油をひき、卵を入れた。ふんわりした炒り卵にすると、一回ボウルにあげる。それからしらすと山のような野菜を炒める。

「あとは、ごはんだね」

わたしは炊飯器からごはんをよそい、祖母の横に置いた。ごはんを炒め、卵を戻してできあがり。いつもチャーハンを食べるときに使っている器に盛りつけた。

「いただきます」

祖母と向かい合わせに座り、チャーハンを一口食べる。いつもの味。おいしい。

「成績はどうだったの？」

祖母が訊いてくる。

「うーん、二学期とあまり変わらず」

わたしの成績は、総合するとクラスのちょうど真ん中くらい。平均のやや上とやや下を行ったり来たりしている。だが、英語があまり良くない。いつも平均以下で、得意な国語で補っている感じだ。

「英語は？」

「二学期と同じだよ。お母さんに怒られるかなぁ」

昨日の夜、母から電話があった。進路のことを話したあと、明日は成績表をもらったら、写真を撮って送るように、と言われた。

高二になれば受験のことも考えなくちゃならない。そのせいか、最近母はかなりうるさい。とくに英語だ。英語は日々の積み重ね。将来なにをするにしても、英語はできた方がいい。口癖のようにそう言っている。

母は学生時代から語学が得意で、いまはホテルでコンシェルジュの仕事をしている。日本語がわからない外国人観光客からの複雑な要望もあるので、ホテルスタッフのなかでもとくに高い語学力が求められるらしい。

「まあ、結子《ゆうこ》の要求水準は高いからね」

祖母はふふふと笑う。

「そうなんだよ」

わたしはちょっと憤慨したように言った。

「真緒のことを心配してるんだよ、きっと。いつも言ってるよ、真緒は将来どんな仕事をして、どうやって生きていくつもりなのか、って」

「わたしだって考えてるよ。けど、なにをしたいのかなんて、まだ全然わからない」

大学の学部だってまだ決められずにいる。わたしの得意科目は、理科と国語。数学と社会はまあまあで、英語がダメ。理系とも文系とも言えない、中途半端な成績だ。

「まあねえ。結子はそう言うけど、先のこと考えて生きてる高校生なんて、そんなにいないよねえ。おばあちゃんはそう思います」

祖母が笑う。

「高校生はね、まず、いまを楽しまないと」

わたしも笑った。

「青春だもんね」

とはいえ、そんなことをしていたら、競争から脱落してしまうかもしれない。クラスのほかの子たちの話を聞いていると、ときどき不安になる。

「ともかく、明日から春休みでしょ。真緒さんはなにをするおつもりですか」

祖母がちょっとおどけた口調で言う。

「なに、って……。とくに計画はないんだけど……」

ふとさっき見た祖母の作業場が頭をよぎる。

「そうだなあ。ちょっと、おばあちゃんの金継ぎの仕事を見てみたい」

思いつきで言うと、祖母は小さく、え、と言って、目を丸くした。

「金継ぎを？」

「うん。前から気になってたんだよね。直したものは見たことあるけど、直してるとこを見たことなかったなあ、って」

なんの気なしに言い出したことだったが、言葉にしてみると、ほんとに前々から気になっていたように思えてきた。祖母の棚を見るたびに、修繕された器のうつくしさに目を奪われた。罅の形の筋。縁の欠けたところに埋められた金や銀やいろいろな色。

何度ながめても飽きることがなかった。

「じゃあ、真緒、金継ぎ、ちょっとやってみようか」

「え、わたしが？」

「こういうことは自分でやってみないとわからないものだから」

祖母の目が笑っている。

「わたしでもできるの？」

「できるよ。最初から上手にはできないかもしれないけど、自分で直した器には愛着が出てくるものだよ」

なぜか少しどきどきした。

「じゃあ、やってみる」

答えてから、身体がぶるっとした。

「そしたら、さっそく今日からはじめよう。おばあちゃんもね、いまは仕事がたまってるんだ。前は真緒がお休みの時期は仕事をお休みにしてるんだけど、最近は量が増えてね。だから真緒が手伝ってくれたら、すっごく助かる」

「ほんと？」

「じゃあ、これを片づけたらはじめようか」

祖母の言葉にうなずき、器を流しに運んだ。

3

片づけが終わり、二階にあがる。

「そこの椅子に座って」

祖母が部屋の真ん中にある机を指す。以前は食卓に使っていたテーブルだが、いまは作業机になっている。机の上には割れたり欠けたりした器がいくつかならんでいた。欠けた部分に黒いものが埋められている茶器に、割れた部分がテープでとめられている大皿。

「割れたのを直すのはちょっとむずかしいから、まずは欠けを埋めてみようか」

祖母が棚の前に立ち、ならんだ器をながめる。

「お客さまの器をまかせるわけにはいかないからね」

そう言って、小さな湯呑みを手に取った。見覚えのある湯呑みだ。

「これ、うちの……」

六客そろいだった白い磁器の湯呑みだ。シンプルだが整った形で、母が気に入っていたのだが、この前ちょっとしたはずみで欠けてしまった。

「まずはこれを直してみよう」

祖母はわたしの前を片づけ、湯呑みを置く。

「ここところを埋める。本来は欠けに漆を入れて、乾燥させて、削って、と何回かに分けて作業するんだけど、このくらいの小さな欠けだったら、インスタントの直しもできる。ちゃんと直したものより強度も見た目もちょっと落ちるけど」

湯呑みを手に取り、欠けた部分を見た。ひとつは五ミリ程度、もうひとつはそれより少し大きい。

「まずは、直す部分を洗う。破片が残っていたりすると、うまくくっつかないからね」

祖母が部屋の隅の水道を指す。

「どのくらい洗えばいいの？」

流しに立ち、祖母に訊く。

「断面のざらざらしたものが取れれば大丈夫」

水を流し、欠けた部分を洗った。

「うん、それくらいでいいよ」

祖母に言われて水道を止める。布巾で器をよく拭き、もとの場所に置く。

「次は、水道でこの布を湿らせる。そしたら、さっきの椅子に座ってね」
七、八センチ角の布を手渡された。水を含ませて絞る。席に戻ると、祖母がわたしの前に四角いタイルやへら、爪楊枝などの道具を置いた。

「これが砥《と》の粉《こ》。水を加えて練るんだよ」

小皿に出された粉にスポイトで水を垂らす。いっぺんにたくさん水を入れてはいけないらしい。少しずつ水を加えながら、へらで練った。

「どれくらいまで練るの？」

「そうねえ、へらで固めるとなんとかまとまるくらいの感じ」

なんとかまとまるくらい？　わかるようでわからない。祖母に何度か練り具合を見てもらい、ようやくＯＫが出た。

「次が生漆《きうるし》」

祖母が絵の具のチューブのようなものから、どろっとした黒いものを絞り出す。

「漆？」

——よく金継ぎって言うけど、金で継ぐわけじゃ、ないんだよ。ほんとは漆で継ぐんだ。

そう言っていたのを思い出した。

「じゃあ、これが接着剤？」

見たところそんなにねばねばした感じじゃない。

「そう。これをさっきの砥の粉と混ぜたものが『錆漆』。接着用のペーストみたいなもの。

漆工芸でも表面を盛り上げたりするときに使うんだよ。生漆に砥の粉を少しずつ混ぜて練って……」

「どれくらい？」

「さわっても指にくっつかない硬さになるまで」

最初は生漆の水分の方が多いので混ぜやすかったが、砥の粉の量が増えるにつれ、硬くぽろぽろしてきた。

「もっと力を入れないと混ざらないよ」

祖母にそう言われ、ぐいぐいとへらで練る。

「これくらいでいいかな」

何度か指で確かめたあと、祖母がうなずいた。

「じゃあ、埋めていくよ。まず、指で欠けの形を確かめて。錆漆が欠けからはみ出さないようにね」

祖母は練ったものを爪楊枝で少し取り、欠けに盛った。

「少しずつ、少しずつ、埋めていく」

「わかった」

祖母から器を受け取る。

「作業するときは必ず、さっき濡らしてきた布で、指を湿らせるんだよ。漆はかぶれる人もいるからね。でも、湿っていると、漆は指に直接くっつかなくなる」

かぶれる、と聞いて、少し怖くなった。

「指の腹はもともとかぶれにくいからね。あとで油で拭いてよく洗えば大丈夫。かぶれるのはたいてい顔や首なんだよ。だから、漆をさわった手で顔や首をさわってはいけない」

「かぶれるとどうなるの？」

「腫れる。大変なことになる人もいる」

「大変、って？」

「顔がふくれて、真っ赤になる人もいるよ。瞼《まぶた》が腫れて、目も開かなくなったり……。それが二週間くらい続くの。そのあいだはとにかくかゆいらしいね」

「二週間も？」

「漆は水で洗っても完全に落ちないんだよ。漆をさわった人が使ったタオルで顔を拭いてかぶれちゃった、なんてこともあるらしい。すぐに症状が出るとはかぎらなくて、次の朝とか、一週間後とか、いろいろみたい」

ということは、いま出てなくても、これから腫れることもあるってことか。

「かぶれちゃったらどうしよう」

「そのときは、金継ぎはあきらめた方がいいかもね」

祖母が笑った。

「けど、漆のかぶれは悪いものじゃないんだよ。熱が出ることはあっても、それで死んだ、って人は聞かない。治るときはあとを残さずきれいに治るしね」

「そうなの？」

「かぶれるかぶれないは、そのときの体調にもよるみたい。漆職人でずっとかぶれなかった人が、あるとき突然かぶれるなんてこともあるそうだよ。わたしはこれまでかぶれたことはないんだけどね」

じゃあ、わたしも大丈夫だろうか。

「まれにいつでもかぶれる人もいるみたいだけどね。漆アレルギーの人。手袋して長袖着て完全防備してもダメなんだって。かぶれを起こすウルシオールっていう成分は揮発性だから、漆を使ってる部屋にはいっただけでかぶれる。生の漆の木の近くを通っただけでかぶれたって話も聞くよ。ウルシ科の果物でかぶれる人もいる」

「ウルシ科の果物？」

「マンゴーとか……」

「じゃあ、そういう人はマンゴー食べられないの？」

「そう。真緒はマンゴー好きでしょう？　だからアレルギーではないと思う。けど、さっきも言ったみたいに、漆をさわったあとは必ず油で手を拭くこと」

「わかった。でも、漆って器に使うものでしょう？　大丈夫なの？」

「完全に乾けばかぶれないの。固化してしまえば、ウルシオールは揮発しなくなる。むかしの職人のなかには、漆に慣れるために生漆を飲んだ人もいたんですって。薬として飲むところもあるっていうし。ミイラになるときに防腐剤として飲んだっていう話も聞いたなあ。ほんとかどうかわからないけどね」

かぶれるかかぶれないかはわからない。でも、とにかくいまは目の前の器を自分で直してみたかった。

ええい、行ってしまおう。爪楊枝で錆漆を少し盛り、濡らした指でならす。ほんの小さな欠けだけれど、指の感触だけで器のもとの形に沿うように盛るのはむずかしい。

「どれどれ。見せてごらん」

ある程度埋めたところで、祖母が器を持ち上げ、指で様子を探る。

「埋めすぎだよ。盛り上がりすぎてるし、傷からはみ出してる。よく指でさわってごらん。傷はここまでだよ」

祖母が爪で詰め物を引っ掻き、傷の境界を指した。たしかにそこに際があるのがわかる。

詰めているうちに傷が錆漆で覆われて、わからなくなってしまっていた。

「はみ出しちゃ、ダメなんだよ。本来の器の面と段差ができてしまうし、はみ出すってことは、傷を大きく見せてしまうってことだから。欠けた部分にだけぴったり詰める。そうすれば欠けは埋まる」

錆漆を大きく取り去り、指先でじっと探っていると、傷の形がわかってきた。だがはみ出さず、出っ張らず、凹《へこ》まず、もとの形と完全になめらかにつなげるのはなかなかむずかしい。

こんな小さな欠けなのに。器の面より出っ張っているか、凹んでいるか。たぶん測ったら十分の一ミリとか百分の一ミリ単位のことなんだろうけど、指で触れると微妙な凸凹がわかる。

つるんと整った形の磁器だから、というのもあるかもしれない。これが肌がごつごつした陶器だったらそんなにわからないだろう。祖母がこれを選んだのは、そういうことがわかりやすい器だからなのかな、と思った。

盛り上げたり凹ませたり、何度も指で確かめて、祖母に見せた。

「うん。まあ、これでいいでしょ」

祖母は埋めたところを指でなでてうなずく。

「じゃあ、もうひとつの欠けの方をやってみようか」

祖母はそう言って爪楊枝を手に取る。わたしが埋めたのより少し大きな欠けに錆漆を詰めると、さっさっと指で整えた。

「これでよし」

「え、もうおしまい？」

さっきわたしがあんなに時間をかけてした作業を、祖母は一瞬で終わらせてしまった。

「うん。さわってごらん」

目を閉じて指で確かめると、埋めたところがもとの形に沿っているのがわかる。質感はちがうけど、完全にもとの器の形と同じだ。それにくらべると、わたしが詰めた方はまだ少し波打っているように感じられた。

「おばあちゃん、すごいね」

祖母は目がいい。母もよくそう言っていた。母は最近老眼鏡を使うようになり、祖母の直した器を見て、お母さんはよくこんな細かいところまで見えるね、と驚いていた。慣れてるからね、指の感触もあるし。祖母は笑ってそう答えていた。

「まあ、もう何十年もやってるからね」

祖母はなんでもないことのように言う。

「わたしの方、なんとなくまだ少しがたがたしてる気がしてきた。もうちょっと直していい？」

「いいよ。焦ることはないから、気がすむまでやればいい」

祖母が笑う。

負けるのが悔しくて、もう一度形を整える。表面の凸凹を取り去ろうとするとどうしても盛りすぎてしまう。それでもう一度削る。やわらかい粘土とちがって少しボソボソしているから余計にやりにくい。

「おばあちゃんって、金継ぎ、だれに教わったの？」

となりで別の器を繕いはじめた祖母に話しかける。

「おばあちゃんの、おばあちゃん。つまり、真緒のひいひいばあちゃんだね」

「ひいひいばあちゃんはどうして金継ぎができたの？　むかしの人はみんなできたの？」

「みんなじゃないねえ。でも、わたしの母の実家は漆器の店だったから、家に漆があったんだ。店で請け負っていたわけじゃないけど、祖母がお得意さまに頼まれたりしたときに繕っていたんだよね」

「漆器のお店？」

知らなかった。祖母の故郷は飛驒高山だという話は聞いたことがあったけれど、もう親戚はだれもいないということで、訪ねたことはなかったのだ。

「四十年くらい前に真緒のひいひいじいちゃんにあたる人が亡くなって、店を閉じたから。だれも継ぐ人がいなくてね」

「そうなんだ」

「まあ、だんだん漆の器を使う人が減って、店も苦しかったし、子どもには公務員や会社員になって安定した生活を送ってもらいたいと思う、そんな時代だったんだよねえ」

「そうなの？　でも、いまでもどの家でもお椀は使うでしょう？」

「工業製品が増えたんだよ。前はね、お椀の形に彫るのも職人、漆を塗るのも職人だった。みんながそれを使ってた。けど、工場で作れるようになったからね、そっちの方がずっと安く作れるし」

「そうか」

たしかに、前に祖母や母といっしょに行ったお店の器はとても高かった。焼き物も木の器も。なかには信じられないくらい高いものもあった。有名な職人さんの作ったものらしい。むかしのお殿様でもあるまいし、毎日ごはんを食べるのはこんな高い器じゃなくてもいいよな、と思った。

祖母と母が選んだのはほどほどの値段の小鉢だったけれど、それでもスーパーで売っている器とは全然ちがう。毎日使っていると、やっぱりいいな、と思う。

「じゃあ、おばあちゃんも漆の器、作れるの？」

わたしがそう訊くと、祖母は筆を止め、目をあげた。

「うーん、それはね、作れない」

そう言って、遠くを見る。

「まずね、器を作るには、木を彫る人と、漆を塗る人が必要なの。それに、器を作るのは男の仕事だったから。さわらせてもらえなかった」

祖母は少しさびしそうに目を閉じた。

「ほんとは器を塗ってみたかったんだけど、むかしは厳しかったからねえ。それで祖母を手伝うようになった。母は店の帳簿の手伝いが忙しいのもあって、金継ぎには興味を持たなかった。だからかな、わたしが教えてほしいって言ったら、喜んで教えてくれてね」

祖母は手のなかの器をじっと見た。

「金は手に入らないし、そのころはたいてい漆の色で直してたんだよね。仕上げに金を使うようになったのは、東京で繕いをはじめてから。だから、いまだに『金継ぎ』っていう言葉はどうもしっくり来ない」

前に、金継ぎという言い方はほんとはちがうんだけどね、と言っていたのはそういうことだったのか。

「あのころは塗師の仕事に憧れてたけど、この年になってみると、繕いは繕いで奥深いものだなあ、って思うようになった」

「どうして？」

「器の形っていうのは、用途によってだいたい決まってるだろう？　だけど、割れや欠けや罅には作為がない。自然に生まれた形なんだよね」

祖母の声はやわらかい。なんだか耳にじんわりしみこんでくる。

「だから面白い。繕うことで景色が変わって、別の器に生まれ変わる。そうだ、こういうのもあるんだよ」

祖母は奥の棚から小さな花器を持ってきた。濃い色のざらっとした感触の器で、継ぎ合わされた部分に波のような模様が描かれていた。

「この波みたいな模様は『青海波《せいがいは》』っていうんだよ。日本の古典的な柄」

「きれいだね」

模様のはいった部分はつるっとしていて、器の感触とはまったくちがう。でも、ちぐはぐじゃない。ざらざらした陶の肌に、つやっとした漆の繊細な模様。

「こういうのを『蒔絵直し』っていうんだよ。形を直すところは金継ぎと同じだけど、最後仕上げをするときに模様を入れる。東京でもう一度金継ぎをするようになってから、鎌倉の漆の先生のところに習いに行ったんだ。結子が高校生くらいのときだったかなあ」

「そうなの？」

「きれいに描けるまで二年かかったよ」

「二年……」

たしかにこんなふうに均一な線で規則正しい形を描くには熟練が必要だろう。

「母の実家の器は飛騨春慶っていって、木の目を生かして透明感のある漆をかける器だったから、蒔絵ははじめてだったし」

木の目を生かした透明感のある器……？　うちでもいくつか見たことがある。

「それって、うちにあるお盆みたいな？」

「そうそう。あれが飛騨春慶。重箱や茶托もあるでしょう？」

「あれがそうなのか。わたし、あれ、好きだよ」

木目がきれいで、つやつやしている。濡れたような感じの、奥深い艶だ。むかしからなぜかそのお盆が好きだった。

「お母さんには、子どものくせに渋いわね、って笑われたけど」

わたしは苦笑いした。自分でもなぜ好きなのか説明できなかった。

「そうねえ」

祖母も笑った。

「でも、子どもだからこそわかるのかもしれないよ。漆には魔力があるからね」

「魔力？」

「うん。古代の人は漆を魔除けとして使っていたみたいだからね。漆は塗料でもあり、接着剤でもあり、防虫や防腐剤の効果もある。縄文時代から使われていたそうだよ。器だけじゃなく、家具や祭壇、建物にも使われてた、って」

「そうなんだ」

「さ、そろそろおしゃべりは終わり。仕上げをしましょ」

祖母が笑った。

「もうちょっと……。もうちょっとだけ待って」

わたしはあわてて作業に戻った。

指先の感触に集中するため、ときどき目を閉じて確かめる。盛り上がっている。下がりすぎてる。小さな傷だが、なめらかにするのにはけっこう時間がかかった。

なんとか納得のいく形になって、祖母の前に差し出す。

「ずいぶん頑張ったね」

わたしの直した部分を指で確かめ、祖母がうなずいた。

「うん、これでいいでしょう。上出来だよ」

その声にほっとした。

「本式の作業では錆漆を盛って何日か置いて、乾いてからカッターで削って、耐水ペーパーで研いで、本漆を塗って、何週間か置いて、研いで、ってくりかえすの。今回苦労して指だけでなめらかにしたけど、ほんとは何ヶ月かかけて整えるんだよね。でも、今日は短縮バージョン。直しはこれで終了。これから仕上げをします」

笑いながら言って、小さな紙の包みと十円玉四枚、小さな綿をわたしの前に置いた。

「詰めた部分に金をのせる」

「金を？」

金という言葉を聞いて、少し緊張した。

「これが金消粉《きんけしふん》。金箔を粉にしたものよ」

祖母が小さな紙の包みを指す。

「ふわっと飛んでしまうから、気をつけて開いてね。開いたら、紙の四隅にこの十円玉をのせて」

言われた通り、そうっと紙を開く。きらきらした細かい粉がはいっている。うわあ、と思ったが、声を出したら粉が飛んでしまいそうだ。息を詰めて、紙が跳ねないようにそっと広げ、十円玉で押さえた。

「そうしたら、綿を使って、粉をつける。こすったり、押したりしてはいけないよ。そっとのせる感じで」

息を止めて、綿に粉をつけ、直した箇所を金で覆う。

「全体についたら、綿をしっかり丸めて、やさしく金の部分を磨いて。ふんわり、やさしくだよ。ごしごしこすったらダメだよ」

綿で磨くと、金がきらっと輝いた。白い器の縁に、飾りのように金がついている。

「うわあ、きれい」

思わず声が出た。なんとも言えないかわいらしさだ。

こんなことが自分の手でできるなんて。

「これで完成。器が直って、結子も喜ぶね。すぐには使えないけど」

「そうなの？」

「まだ固まってないし、完全に乾かないとかぶれるんだよ」

そうだった。お客さんの器のときも、何ヶ月か経ってから渡してたのを思い出した。

「最低三ヶ月は置いた方がいい」

「そうか」

三ヶ月。長いなあ。

「じゃあ、棚に置いておこうか。まだちゃんと固まってないから、ぶつかると凹んでしまう」

「わかった」

こうして金をかけてみると、錆漆のときよりも表面の形がよくわかった。しっかり詰めたつもりだったけれど、わたしが詰めた方はやはり少し凸凹している。盛り上がっているところもあるし、少しだけど欠けの縁とのあいだに隙間もあった。

祖母が直した方はぴたっと器の輪郭に沿っている。すごいなあ、と思った。

「じゃあ、ちょっと休憩しようか。その前に道具を片づけるよ」

「え、もう？」

「道具の手入れも仕事のうちだからね。今日はこの作業はここまでにして、あとはわたしの仕事を手伝ってね」

「わかった」

もう少し直したい気持ちもあったが、時計を見るともう四時半。二時間以上作業を続けていたということだ。目も疲れていたし、喉も渇いていた。

「道具についた漆を油を使って落とすんだよ。漆は水じゃ落ちないから。きれいに完全に取るようにしてね。今日いっぱいは落ちるけど、一度固まると落ちなくなっちゃうから」

タイルの上に油を垂らし、筆を浸す。布でぬぐう。色が出なくなるまでくりかえす。タイルとへらも油をつけて漆を取る。指についた漆も油でよくぬぐってから、石鹸で洗った。

4

下に降りてお茶を淹れた。祖母がいただきもののお菓子の箱を開ける。箱のなかに小さな花の形の落雁《らくがん》がきれいに詰められていた。

「おいしそうだね。いただきます」

わたしはお茶を一口飲んで、落雁に手を伸ばした。

お茶を飲みながら、祖母から金継ぎのことをいろいろ聞いた。化学薬品を使わないから、安心して食器として使えること。継ぎ目が取れてしまうということはなく、むしろほかより丈夫になること。熱にも強く、酸に触れても変化しないこと。

金継ぎは手間と時間のかかる仕事だ。費用もかかるから、たいていはあたらしいものを買った方が全然安い。でも、手作りの焼き物は一点ものであることも多く、同じものとは出会えない。

だれかに贈られたもの、長く使ったもの、思い出があるもの。希少でなくても、高価でなくても、その器に特別の思い入れがある、という場合もある。つまり祖母のところに集まってくるのは、時間とお金がかかってもどうしても直したい器がほとんどだ。

最近は依頼が増えて、こんなに直せるだろうか、と不安になり、断ろうと思ったこともあるらしい。だが、断れない。頼みに来る人たちの思いを放っておくことができなかった。

「ずいぶん待たせてしまうこともあるけどね。でもだんだん効率よくできるようになって、数もこなせるようになった」

仕上がりまで時間がかかるが、乾くのを待つ時間が長いだけで、ひとつの器にかかりっきりなわけではない。棚には作業中の器を作業順にならべ、日付をふっておく。乾かしているあいだに別の器の作業をして、乾いたら次の工程に移るようにしているらしい。

「そういえば、棚の器の下に小さいメモがついてるでしょ？　あれはなに？」

前から気になっていたことを訊いてみた。

「お客さまから聞いた仕上げの希望が書いてあるんだよ。最後の仕上げをするまでにはずいぶん時間がかかるからね。書いておかないと忘れちゃうから」

祖母は笑った。

「仕上げの希望？」

「そう。金や銀を使うときもあるし、色漆を使うこともある。手間がかかるしむずかしいけど、顔料を使って器の色と近い色を作って、継ぎ目がわからないようにすることだってできる。このお皿だって直してあるんだよ」

祖母がお菓子をならべた小皿を指す。ざらっとした質感のグレーのお皿だ。

「え、これ？」

思わず見直す。

「どこ？」

「ほら、ここ」

祖母の指がお皿の縁のあたりをたどる。かすかに罅の跡のようなものが見えた。

「ほんとだ。全然気づかなかった」

そういえば、お客さんから預かった器の棚でも、完成品のコーナーには欠けや罅がないように見えるものもならんでいた。その前の工程まで修繕の跡があったのを覚えているものもあって、それが消えてしまうのを不思議に思っていたのだ。

「でも、せっかく直すならあたらしい景色を楽しみたい、っていう人もいる。金、銀、朱、黒、ほかにもいろいろできる。器の色との相性もあるし、その人の希望もあるし」

祖母がいま使っている湯呑みにも継いだ跡が残っている。もとの肌の色とはちがうので、すぐにわかる。でも、継ぎ目の色が器の色と自然に馴染んでいるので、気にならない。

「おばあちゃんのその湯呑みも……？」

「うん。そうだね。これは『漆仕上げ』っていうんだよ。今日は錆漆しか使わなかったけど、ちゃんと繕うときは、透き漆に鉄を加えた『呂色漆』というものを使うのね。繕う途中、これで下塗りしていくんだけど、漆仕上げは仕上げも呂色漆でする。そうするとこういう黒っぽい色に仕上がるんだ」

「罅の跡、全体にはりめぐらされてる……」

「そう。落としてばらばらに割れちゃったのを継いだから。割れたときちゃんと破片を集めていれば、こうやって継ぐことができる。パズルみたいだけどね」

祖母はそう言うと、湯呑みを包むように持った。祖母の皺ばんだ指を見ているとなぜか安心した。

「ああ、そうそう。真緒に見てもらいたいものがあったんだっけ」

祖母は立ち上がって二階にあがり、小さな器を持って戻ってきた。

「真緒はこの器、どんな色で仕上げるのがいいと思う？」

カフェオレボウルだろうか。淡いきれいなピンク色のかわいい器だった。

「これ、カフェオレボウル？　和風の器にも見えるけど」

うちにある洋風のカフェオレボウルと大きさは同じくらい。薄くて表面はつるっとしているけど、きんとした冷たい感じじゃない。

「うん。萩焼なんだって。磁器じゃなくて、陶器だよ」

「磁器と陶器ってどうちがうんだっけ？」

「そうだねえ、ひとことで言うと、材料がちがう」

祖母の説明によると、陶器は「土物」、磁器は「石物」と呼ばれているらしい。

陶器の原料は粘土。自然界にある粘りのある土だ。それに対して磁器の原料は石の粉に粘土を混ぜたものなのだそうだ。

磁器に使う石にはガラスの原料になる長石や珪石が多く含まれているため、できあがった器は密度が高く、半ガラス質になる。だから日にかざすとうっすら透ける。つるっとしていて形も端整で、爪で弾くと高くて澄んだ金属音がする。

陶器は粒子の密度が低く、なかに目に見えない小さな孔《あな》がたくさん開いている。だから焼きあがったあとも水を吸う。産地によって仕上がりがちがうので、やさしかったり、力強かったり、とそれぞれの魅力を楽しめる。

磁器の方が丈夫で実用性は高い。洋食器はたいてい磁器だし、和食器でもつるっとして絵付けされているようなものは磁器が多い。陶器は細かい罅がはいったり匂いや色がつきやすかったりで扱いにくいところはあるけれど、手作りの風合いがある。

「これは磁器みたいな形だよね。薄くて、つるっとしてて。でも陶器なんだよ。萩焼としてもちょっとめずらしい」

「でも、かわいいよ。重苦しくなくて、おしゃれ」

「そうだよね。若い女性にも良さそうでしょう？　これはね、君枝さんって言って、古くからのお友だちに頼まれたの。結子の小学校時代の友だちのお母さん。わたしがこっちで繕いを再開したのも、もともとは君枝さんから頼まれたのがはじまりだったんだよ」

「へえ。つまり、おばあちゃんのママ友ってことか」

「ママ友。まあ、そうだね」

祖母は笑った。

「君枝さんの希望ではね、繕いの跡が残った方がいいんだって。でも金や銀じゃない方がいい。何色にするかはまかせる、って言われたんだけど……」

「おばあちゃんはどう思うの？」

「呂色か、ピンクと同系色の赤……赤って言っても、真っ赤じゃないよ。くすんだ、茶色っぽい赤になるんだけどね。でも、なんとなくぴんと来なくて……」

「そうだねえ。よくわからないけど、そういう色だとせっかく軽やかな器なのに、重苦しくなっちゃいそう」

「ああ、そうだね、そうかもしれない」

「このピンクに似た淡い色がいいんじゃない？　でも、白やピンクだと目立たないか」

うーん、とうなって器をじっと見た。きっと淡いきれいな色がいい。何色が合うのか、
よくわからないけど……。

「じゃあさ、ブルーは？」

思いついて言った。

「ブルー？」

「空みたいな色。この器のピンク、桜の花みたいでしょう？　お花見するとき、晴れた空
の下に花が咲いているときれいじゃない？　だから空色なら合うかな、って」

「空色」

祖母が驚いたような顔になる。

「変かな？」

心配になって訊いた。

「ううん。ただちょっと意外で……。ピンクに青を合わせるなんて、思いつかなかったか

ら。それに……」

祖母はそう言って少し黙る。

「思い出したことがあったの。でもね、そう、空色、いいかもしれない」

思い出し笑いのように少し微笑む。

「真緒、ありがとう。いいこと教えてくれて」

祖母はうれしそうに器を見下ろした。


その日はなかなか眠れなかった。はじめて器を直したのも刺激的だったが、これまで知らなかった祖母や祖母の母方の家のことを知ったのも衝撃で、ベッドにはいっても器や漆のことが頭をぐるぐるめぐっていた。

次の日も祖母の手伝いをした。わたしの仕事は、まずお客さまから預かった器を洗うこと。きれいに洗って、小さな破片を取りのぞく。

お客さまの器の直しは、わたしが最初にしたような短縮バージョンではなく、埋めて乾かし、時間を置いてから削ってまた埋めて、と、くりかえす方法だ。

錆漆を多めに盛って、棚へ。一ヶ月くらい経って、漆が乾いたら、盛り上がった部分をカッターで削り取り、耐水ペーパーで研ぐ。その上に呂色漆を塗り、ふたたび棚へ。一ヶ月くらい置いてからまた耐水ペーパーで研ぐ。指先でさわって完全に凸凹がなくなるまで、ゆっくり時間をかけて研ぐ。そしてまた呂色漆を塗り、棚へ。

器を洗う仕事が片づくと、次は耐水ペーパーで研ぐ作業をまかされた。祖母がカッターで削ったあと、表面が凸凹なくなめらかになるまで研いでいく。目の細かい耐水ペーパーなので、いっぺんに削れてしまうことはない。こすってもこすっても、全然削れていないような気さえした。

「気の長い作業だよねえ」

祖母が笑った。

「でも、いっぺんに削れてしまうより安心だよ」

削りすぎてしまったら、また錆漆を盛らなければならなくなる。作業のあいだ、祖母は集中してあまりしゃべらない。わたしも指先の感覚に集中して、だんだん無口になる。いつのまにか雨が降り出していたらしい。小さな雨音が響き、窓ガラスに雨の跡がついた。だがその音も、作業に集中しているとまた聞こえなくなった。

欠けた部分を繕うだけ。作業としてはどれも単純で、美術の授業で作るものとちがって、独創性は必要ない。でも、ひたすらていねいさが求められる。十分の一、百分の一ミリ単位の細かい作業だ。その仕事に集中して手を動かすのが新鮮で、なぜか楽しかった。

春休みのあいだ、わたしは毎日祖母の仕事を手伝った。毎回気をつけていたからかもしれないが、かぶれは全然出ず、ほっとした。

だが、学校がはじまると、平日は祖母の手伝いをすることができなくなった。祖母は夜は仕事をしない。するのは昼間、と決めている。夜は暗くて手元があやしくなる。忙しかったときに夜に作業したことがあるが、ろくなことにならない、と言っていた。

午前中からはじめて、五時前に作業を終える。集中が必要な作業だから、長時間続けると質が落ちる。毎日規則正しく作業した方が結局はかどるのだと言う。

わたしも部活や委員会活動もあるし、家に帰るのは六時ごろになることが多い。勉強もあるし、平日に作業するのは無理だった。

それでもあの時間が忘れられず、祖母と相談して、日曜に手伝うことになった。宿題はすべて平日と土曜に片づける約束だ。祖母はわたしと日曜に仕事をする代わり、金曜に休むことにした。もともと土日を休みにしていたのが、金土休みということになった。

5

ゴールデンウィークは繁忙期だから、母はもちろん休みを取れない。わたしはまた祖母と金継ぎをすることにした。練習用の器を使って、欠けに錆漆を盛ったり、乾いた錆漆をカッターで削る練習、呂色漆を筆で塗る練習もさせてもらった。

割れた器をつなぐ方法も習った。これもお客さま用ではなく、うちの器だ。平たいお皿で、真ん中で真っぷたつに割れている。

つなぐためには上新粉を煮て作った米糊を使う。これを生漆と合わせ、糊漆を作る。この糊漆で割れ目をつなぐのだが、つなぐ瞬間はかなり緊張した。

破れた紙をセロハンテープでつなぐのだって、ずれないようにするのはけっこう大変だ。さらに器には厚みもある。前後にずれるだけでなく、高さがずれることもある。曲がってしまうこともある。ずれてくっつけてしまったら、取り返しがつかない。

糊漆自体の厚みも問題だ。平たいお皿はまだしも、立体的なものが複雑な形に割れたとき、糊漆を厚くつけてしまうと、破片が少しずつずれていって、うまくはまらなくなってしまうのだそうだ。

祖母によれば、ぶつかったときの衝撃で器の形が微細に歪むこともあるらしい。大きな花器を直す祖母をながめながら、よくあんなふうにできるな、と感心した。

その後も週一で祖母の仕事を手伝った。少しずつ、お客さまの器を直す仕事もまかされるようになった。まだまだ複雑な仕事はできないけれど、器を洗ったり、研いだり、錆漆を練ったり、ということはひとりでできるようになってきた。

器を直していると、この器もどこかの家で使われていたものなんだな、と感じる。毎日だれかがこの器でごはんを食べたり、お茶を飲んだりしていたのだろう。

大事にされているものだから、こうして直して、またその家に戻っていく。それがなんだかとても気持ちのよいことに思え、うれしかった。器に添えられた祖母のメモを見ると、また想像がふくらんだ。

四十代、モダンな女性。渋めの直しを希望。粉引きの肌を生かして漆仕上げにする。
六十代。上品な着物の女性。記念の器。傷が目立たないよう共継ぎ。
田畑さん。白っぽい器に馴染むよう銀で。
高杉さん。七十代のお母さんの器。金継ぎ。

田畑さん、高杉さんというのは常連さんらしい。

――四十代の人が渋めの漆仕上げで、七十代の人の器が金継ぎなのはなんでなの。

ちょっと不思議に思って祖母に訊いた。

――若い人は渋めを好むことが多いのよ。もちろん人によるけどね。金みたいに輝くのはちょっと、って思うのかもね。でも、金は生命感があるのよね。金を見ると元気が出るの。輝きから力をもらえる、っていうのかな。

そう言われてみれば、はじめて金で直したとき、小さな輝きがとてもきれいに見えた。

――金の屛風とかもね、若いころ見ても、なんか派手派手しいな、と思うだけだけど、年をとってから見ると、パワーを感じるのよね。きれいだなあ、もうちょっと頑張ろうかなあ、って。

祖母はふふふっと笑った。

――全部が金ピカなのはちょっとね。でも小さな金はチャーミングでしょ？

実際、何度か器を受け取りに来た人にお茶を出したことがあるのだが、みんなほんとうにうれしそうに、きれいですね、直してよかった、と言っていた。そしてたしかに祖母の直しはその人に合っている、と思う。

言葉ではうまく説明できないが、器にもその人にもぴったりの色合いで、受け取った器を手にしたお客さまを見るたび、祖母はすごいなあ、と思った。

六月、祖母が大きな壺を直すのを手伝うことになった。前々から頼まれていた仕事だったが、写真を見るかぎり、いちばん太い部分は両手をまわして届くか届かないかというくらい大きな壺で、手伝いがいなければ作業できない、と二の足を踏んでいたらしい。

「いまは真緒がいるからね。できるかな、と思って引き受けることにした」

祖母が言った。

「え、でも、わたし……まだたいしたことはできないけど……」

「大丈夫だよ。くっつける作業はみんなわたしがするからね。でも、くっつけているあいだ、支えている人が必要なんだ。ずれないように持っていてくれれば大丈夫」

漆は瞬間接着剤ではない。乾くのに時間がかかるから、大きなものの場合、接着しているあいだに破片自体の重みでずれてしまう。最終的には粘着テープで固定するのだが、それまでだれかが手で支えていなければならない。

「それなら……」

なんとかできるだろうか。だが、支えている最中に少しでもずれてしまったら、形が歪んで破片がつながらなくなってしまう。

「大丈夫。こういう作業は身体が動くうちにしないといけない。あと何年かしたらできなくなると思う。いまは真緒もいるし、思い切って引き受けてみようと思うんだよ」

祖母に真剣な目で言われ、緊張しながらうなずいた。

その週のうちに、壺の破片がやってきた。わたしが学校に行っているあいだに、持ち主が運んできたのだ。学校から帰ると、作業場はいつもの机が片づけられ、床に大きな破片と箱がいくつか置かれていた。

この壺はいつもの作業台にはのらない。だから机を片づけ、床で作業することにしたらしい。大きいとは聞いていたが、破片を見ると、想像よりさらに重量感がある。小さな破片はいくつかの箱に分けられていた。


「これだけの大きさだと、一度に全部つなぎ合わせることはできないからね。壺は立体的な形だから、無理につなぎ合わせて自立させようとすると、重みで継いだ部分がずれてしまう。だから何段階かに分けて接着しようと思うんだ」

日曜の朝、祖母が言った。

「まずは大きな破片のなかで、つなげて安定して置けそうな部分をくっつける。二週間くらい置いてからさらにつないで、大きな部分を全部つなげる」

「小さなパーツはどうするの？　まず小さなもの同士でつなぐ？」

「ううん。小さいものを集めてパーツをつなげると、少しずつずれが出て、大きな破片同士の隙間にはいらなくなってしまうことがある。大きなものをつないで、ひとつずつ隙間を埋めていく方がいいかもしれない」

「わかった」

わたしはうなずいた。これはほんとに大仕事だ。胸がどきどきした。

「季節的にもいまがチャンスだからね」

「季節？　もうすぐ梅雨だけど」

「そう。梅雨は漆が乾きやすい」

「え、湿気が多いのに？」

わたしは驚いて訊いた。

「うん。漆っていうのは不思議なものでね。『乾く』って表現するけど、湿気がないと乾かない。漆が乾くっていうのは乾燥するのとはちがってね。漆は空気中の湿り気を吸って固まるんだよ」

つまり、空気中の水分を吸収して結合する、ということだろうか。

「じゃあ、はじめようか」

祖母の言葉にうなずくと、祖母は仕事の手順を話しはじめた。

今日までのあいだに、祖母はおおまかに破片のつなぎ方を考えていたらしい。大壺の側面には丸みがある。床の上に大きな破片を置き、祖母が抱きかかえるようにして継ぎ目に糊漆を塗っていく。塗り残しがないようにするだけでなく、適度な厚みで均等に塗っていかなければならない。

本来ならそこは隙間なくつながっていたところなのだ。糊漆が厚すぎればその分だけ場所がずれ、ほかの破片が合わなくなってしまう。だが、重さもあるので、薄すぎればつなぎ目が弱く、あとで割れてしまうかもしれない。

糊漆を塗る作業は祖母がひとりで行い、わたしはただ見ているだけだった。となりの破片をそこにはめるのも、ずれてはいけないので祖母がひとりで作業する。だが、必要なときはすぐに手助けしなければならない。作業を見守りながら、ずっととなりで待機していた。

しっかり押しつけ、固定する。しばらくすると、いちおう動かなくなる。だが、完全にくっついたわけではない。重さがかかればはずれてしまう。小さな器ならメンディングテープやセロハンテープで補強するのだが、この壺はそういかない。

わたしが動かないように支え、祖母が次の破片とつないでいく。下の方は比較的破片が大きく、三つつなげるとひとまず一周する。糊漆を塗る祖母のすぐ近くで、ずれないように破片を支えた。緊張し、手が震えそうになる。

ひとまわりするまでは休めない。昼食をとる暇もなく、夕方まで作業が続いた。

「よし、これで一周だ」

最後のひとかけらをつなぎ、祖母がはあっと息をついた。これでとりあえず自立するようになった。思わず、ほおっと息が出た。

「まだだよ。もうちょっと支えておいて」

祖母に言われ、またしても緊張が走る。

祖母は脇にあったゴムのベルトを取り出した。

「セロハンテープじゃ支えられないからね。今回はこのベルトで固定する」

壺にベルトをまわし、ずれないように固定する。

「今日はここまで。来週は小さな破片で隙間を埋めていくよ」

「上の方は？」

「下の方が固まってから進める。まだあまり重さをかけたくないからね」

こうして離れてみると、まだ下三分の一くらいしかつながっていないが、壺の形が少し見えてきた。

「ちょっと壺らしくなったね」

「お疲れさま。休みもなかったから疲れたでしょう？　ごはんにしようね」

祖母が微笑んだ。

「うん」

支えているうちは気を張っていて気づかなかったが、お腹がものすごく空いていた。

次の日曜は下の方の小さな破片をはめ込む作業だった。こちらはセロハンテープで支えられるものも多く、わたしはあらかじめ大量のテープを切り、祖母が固定した破片をテープで補強する作業を手伝った。

破片がうまくはまるのは楽しい。パズルのようだ。形がつながり、壺の形が整っていくのは、不思議な充足感があった。壺がもとの姿を取り戻していく。生き返ってゆく。単純作業のくりかえしで、少しずつしか進まないが、満ち足りた気持ちになる。

六月、七月の日曜はずっと壺にかかりきりで、小さな器は祖母がひとりで平日に直していた。一度平日に母が戻ってきたときも、修理中の大きな壺に目を丸くし、わたしが手伝いをしていることを聞いて、もう一度目を丸くした。

夏休みがはじまる少し前、だいたいの形ができあがった。写真を見ていたとはいえ、はじめて全体の姿を目にしてみると、こういう形だったのか、と改めて思った。同時にすごく大きなことをやり遂げた気がして、無性にうれしかった。

だが、ほんとうに完成するのはまだまだ先のことだ。ゴムのベルトで巻いて固定し、夏のあいだに完全に乾かす。次に作業をするのは秋になってから。細かいところに漆を埋め、研ぎ、表面を少しずつ整えていく。長い長い作業だ。

ベルトを巻き終わると、ほっとして力が抜けた。

6

夏休み前、進路面接があった。わたしはいちおう文系の四年制大学志望にしたけれど、学部を決めることはできなかった。朋子は就職考えたら、やっぱり経済学部か社会学部かなあ、と言っていたし、理系進学を考えている子も多いみたいだ。

将来、と言われても全然ぴんと来ない。会社で働いている自分が想像できなかった。会社に行ってなにをするんだろう。パソコンで書類を作成したり、会議に出たり？　ぼんやりしたイメージしかない。

お母さんみたいに観光の仕事もいいのかもしれないけど。でも、語学ができないとダメだよなあ。母は英語のほか中国語もできる。もともと大学時代工芸に興味があって、中国の磁器を勉強するために学んだらしいが、中国人観光客が増えたいま、その能力がすごく役に立っている、と言っていた。

わたしはどうなんだろう。英語の成績はいつも平均以下。たぶん暗記が苦手だからだ。

好きだ嫌いだ言ってたら社会に出てやってけないよ。朋子にはそう言われたし、その通りだと思う。だけど、やっぱり会社で働く姿はイメージできない。それより金継ぎの手伝いをしているときの方がよほど充実している。

でも、このまま祖母の手伝いで生きていくなんて無理だろうしなあ。面接が終わっても気分は晴れなかった。成績はまあまあだったけれど、母が帰ってきたら、予備校に行くように言われるかもしれない。

夏休みにはいると、わたしはまた毎日祖母を手伝うようになった。錆漆をカッターで削ることもできるようになり、細かい仕事をいろいろまかされるようになった。

ある日、祖母が買い物に出たあと金継ぎの部屋を掃除していて、道具のはいった棚の引き出しを開けた。どの引き出しも金継ぎ用の大事な道具がしまわれている。生漆、呂色漆、弁柄《べんがら》のチューブや、金消粉、銀消粉。いろいろな太さの筆。へらやはさみなどの道具もきちんと整理しておさめられていた。

だが、いちばん下の引き出しは、小さな平たい桐箱がひとつはいっているだけだった。なんだろう？

この箱は見たことがない。箱の蓋を開けると、なかには薄紙に包まれた薄いものがはいっている。そうっと紙をめくると、なかからつややかな木の肌がのぞいた。

かんざし？

なかに入っていたのは、赤っぽい色のかんざしだった。

このかんざし、祖母のお母さんの家の店のものだろうか。飛驒春慶だったっけ。うちにあるお盆や重箱と艶や質感がよく似ている。でも色がちがう。ほかの器は黄金色だけど、これは赤っぽい。

こういう色のもあるんだ。指でそっと形をたどる。漆独特のなめらかな手触りにうっとりとなった。

きれいだなあ。

はあっと息をついた。わたしは春慶のこの透けた感じが好きだ。祖母が言っていたように、漆の魔力に吸い寄せられるような気持ちになる。

帰ってきた祖母にかんざしのことを訊くと、祖母は言葉を濁した。困っているような表情だ。悪いことを訊いてしまったか、と戸惑っていると、祖母は、そうねえ、でも、もういいかな、などとぶつぶつつぶやきながら、引き出しからかんざしの箱を出してきた。

蓋を開け、かんざしを取り出し、わたしの手のひらに置く。

「さわってもいいの？」

「いいよ。ずっとしまっておいたけど、そろそろ出してあげないといけないと思っていたんだよ」

祖母は大きく息をついた。

家にあるほかの春慶の器と似た感触だが、なぜかこのかんざしには特別の力が宿っているような気がした。赤い色のせいだろうか。

「きれいだね。これ、おばあちゃんの家のものなの？」

「知り合いの職人さんが作ったものだよ。売り物じゃ、ないけどね」

売り物じゃない？　非売品の特別なもの、ということだろうか。裏返してみると、なにか文字が彫られている。

修、だろうか。お店の名前？　それとも人の……？

「ああ、もう一度、高山に行きたいねえ」

わたしがじっと文字を見つめていると、祖母がぽつんとつぶやいた。

「高山に？　でも、おばあちゃんの親戚はもうだれもいないんでしょう？」

ひいひいじいちゃんもひいひいばあちゃんも亡くなって、おばあちゃんの生まれ育った家もなくなってしまった。遠い親戚が高山の近くにいるけれど、ほとんど付き合いはないらしい。

「そう。家もないし、お店もね、継ぐ人がいなかったからなくなってしまった。お墓も移しちゃったし、もう行くこともないかな、って思ってた。だけど、いまこのかんざしを見たら、やっぱり旅行に出られるうちに、あの町並みをもう一度見ておきたいなあ、って」

祖母がかんざしに目を落とす。祖母ももう八十三歳。いまのところ健康だし、わたしたちから見たら元気そのものだけど、自分では体力が落ちたと感じることが多いみたいだ。知り合いもだんだん亡くなって、少し弱気になっているのかもしれない。

「じゃあ、行こうよ。今年、ほかに旅行の予定もないし」

そう言うと、祖母はきょとんとした顔になった。

わたしはスマホで東京から高山までの交通手段を検索した。高山へのアプローチは、名古屋からと富山からの二通りがあるらしい。いまは北陸新幹線が通ったから、富山まわりでも同じくらいの時間で高山に行ける、と書かれていた。

「でも、結子は休めないでしょう？」

「だったらふたりで行けばいいじゃない？」

「ふたりで行く……？」

祖母は少し戸惑ったような顔になる。

「なんで？　わたしだってもう高校生だよ。スマホがあれば乗り換えだってなんだってわかるし。大丈夫、できるよ」

祖母がぽかんとわたしを見る。

「そうか、もう高校生だもんね」

しばらくして、祖母は笑って言った。

「それに、高山って金沢からも近いみたいだし。金沢からのバス便もあるよ。二時間ちょっとだって。お母さんだって、連休は無理でも一日くらい休めるでしょ？　そしたら日帰りで来られるかもしれない」

「ああ、そうだねえ」

「もしお母さんがお休み取れなくても、わたしたちがまず金沢に行って、お母さんのとこで一泊して、それからふたりで高山に行くって方法もあるよ」

「それくらいだったら結子にも負担はかからないか」

「わたし、お母さんにメッセージで訊いてみる」

まだ夕方だから、母は勤務中だろうけど。そう思いながらメッセージを送った。

夕食のあと、母からメッセージが返ってきた。休みの日程が記され、この日だったら大丈夫、と書かれている。

くわしいことは電話で話し、いろいろ相談した結果、祖母とわたしは母の休みの前日に東京から直接高山に移動、翌朝母が合流する、というプランになった。宿は母が予約してくれるらしい。

電車は祖母が北陸新幹線に乗りたいと言うので、富山経由。わたしたちの分はわたしが明日大森駅で買ってくる。母は母でバスを手配、ということになった。

「高山、行けるのかあ」

祖母がつぶやく。しずかだが、うれしそうな声だった。

第二章

塗師の娘

1

「じゃあ、行こうよ。今年、ほかに旅行の予定もないし」

真緒にそう言われて、一瞬ぽかんとしてしまった。

あのかんざしを久しぶりに見て、もう一度高山に行きたい、と思わずつぶやいてしまった。だが、ただ行きたいと思っただけで、本気で行こうと思ったわけではなかったのだ。

このごろ遠出をするのが怖くなった。出先でなにかあったら、とつい考えてしまう。以前いっしょに出かけていた友人のうち何人かがこの数年で亡くなった。それ以外の人たちも、自分かご主人の体調が悪くて、遠出どころか外出さえむずかしい。

金継ぎ関係の買い物や、興味のある展覧会があれば、ひとりで出かけることもある。金継ぎのお客さまから招かれて、家に出向くこともある。だが旅行は少し怖い。旅慣れた結子がいっしょなら安心だが、自発的に行こうとは思わなくなっていた。

それに、わたしひとりで真緒を連れて旅行に行けるのか。もっと若いころなら孫を連れて出かけることに不安なんかなかっただろうけど。

「でも、結子は休めないでしょう？」

「だったらふたりで行けばいいじゃない？」

「ふたりで行く……？」

「なんで？　わたしだってもう高校生だよ。スマホがあれば乗り換えだってなんだってわかるし。大丈夫、できるよ」

そう言われて、またぽかんとした。だがその通りだ。真緒も子どもじゃない。わたしが孫を連れて行くんじゃなくて、大人ふたりで旅行するのだと思えば心配しなくてもいいのかもしれない。

「そうか、もう高校生だもんね」

そういえば、結子がはじめてひとり旅に出たのは、高校を卒業した春休みのことだった。ほんとならもっと早くても行けた。行けなかったのはお母さんが止めていたから。結子にはよくそう言われていた。

あのころは女の子のひとり旅なんてとんでもない、と思っていた。高校卒業のときの旅行を許可したのは、行った先に関西の大学に進学した先輩の下宿がある、と聞いていたからだ。自分は過保護なのかもしれない。そうやってひとりで下宿している子もいるのだから、と自分に言い聞かせて送り出したのだ。

「それに、高山って金沢からも近いみたいだし。金沢からのバス便もあるよ。二時間ちょっとだって。お母さんだって、連休は無理でも一日くらい休めるでしょ？　そしたら日帰りで来られるかもしれない」

真緒がスマホの画面を見ながら言う。スマホか。持っていないと困る、と結子に持たされたものの、いまだに慣れない。せいぜいお客さまとのやり取りをするくらい。だが、同じころに買った真緒はいまや結子以上に自由自在に使いこなし、音楽を聞いたり、写真を加工したり、いろいろな調べものに使ったりしているようだ。

「ああ、そうだねえ」

「もしお母さんがお休み取れなくても、わたしたちがまず金沢に行って、お母さんのとこで一泊して、それからふたりで高山に行くって方法もあるよ」

「それくらいだったら結子にも負担はかからないか」

結子は忙しい。学生時代からそうだった。いつも前のめりで、少しでも先へ進もうとする。そのペースを乱すと、いらいらした声を出すこともある。

わたしたちは結子とはちがう時間のなかに生きている。忙しい結子にはそのことがわからない。世界が全部自分と同じスピードでまわっているように思うのだろう。それでは子どもの感じていることがわからないだろう、と少し心配になる。

　以前なら子どもをもっとよく見た方がいい、と諭していただろうけど、最近は結子の気持ちもわかるようになった。外の世界では結子のようにしていなければ生きられない。会社なんて、むかしは男だけの世界だと思っていたが、いまは女性もたくさん働いている。結子のように。父親が外で働き、母親が家で家事に専念するのが当然だったころとは全然ちがうのだ。

　だから同居がはじまってからは余計なことは言わないことにしている。結子も真緒のために必死なのだ。真緒が将来困らないようにちゃんと教育を受けさせ、外の世界で生きる術を教えようとしている。

「わたし、お母さんにメッセージで訊いてみる」

　真緒がスマホでメッセージを打ちはじめる。真緒もちゃんと結子の姿を見ている。離婚したときは、父親がいないのは良くないのではないかと心配したけれど、結子の性格を考えたら、悪くなかったのかもしれない。

　夕食を終えるころ、結子からメッセージが戻ってきた。八月のはじめに一日休みが取れるようで、その日結子と高山で過ごすことになった。

　お盆明けまでは連休が取れそうにないから、東京に戻ることもむずかしく、わたしたちが金沢の近くまで出向くプランを立てたことをとても喜んでいた。高山行きのおかげで思いがけず三人で過ごすこともできるようになったのだ。

結子も高山には前から行きたいと思っていたようだ。親戚が残っていないので家族で高山を訪れたことはほとんどなかったが、結子は大学時代に友人と訪れたことがあり、古い町並みが印象に残っていたらしい。

電話で高山陣屋や朝市のことを語り合ううちに、頭のなかに高山の風景がよみがえった。山に囲まれた町。町の真ん中の宮川の流れ。母方の家の近くを流れていた江名子川《えなごがわ》。すっかり忘れたと思っていたのに、川のせせらぎがつかのま耳の奥に響いた。

「高山、行けるのかあ」

電話を切ったあと、思わずつぶやいていた。


夜、床につくと、高山のころのことをあれこれ思い出した。

わたしが高山に住んでいたのは十五歳になるまで。父・正弘は富山出身の銀行員で、転勤で高山の支店にやってきた。支店長の紹介で、都竹《つづく》漆器店の娘・公子と結婚。兄ふたりのあと、少しあいてわたしが生まれた。

戦争がはじまる前の年、父は今後の生活を考えて銀行を辞め、家族で上京することを決意。まずは単身東京に出て、職を得た。母と兄たちは一年後に上京。だが戦争がはじまったこともあり、わたしはひとり高山に残され、母方の実家に預けられた。

その後、兄たちは集団疎開に出された。父は徴兵されたが、生きて帰ってきた。東京の家は空襲で焼けてしまった。父の実家のある富山も空襲に遭い、親戚の家はすべて焼けたらしい。父母と兄は東京で知人の家に間借りすることになり、わたしはそのまま高山で育った。

母方の実家である都竹漆器店の起こりは江戸末期。多くの漆器店がそうであるように、自分で塗った器を売り歩くところからのスタートだった。やがて客がつき、下一之町《しもいちのまち》の江名子川沿いに店を構えた。

その後、安川通りの近くにもう一軒店を出したが、住まいは江名子川の古い方の店舗の裏にあった。代々塗師の家系だが、店が大きくなってきたこともあり、家の器だけでなく、周辺の塗師にも仕事を依頼していたらしい。

高山の漆工は母の実家のあった下一之町のあたりに集まっていた。木材から器の形を彫り出す木地師、漆を塗る塗師。それに漆工芸に欠かせない道具を作っている人たちはみなそのあたりで生活し、自分の家の一部を工場としていた。

その後の長い年月のなかで、高山の暮らしのほとんどは忘れてしまった。だが、冬の寒さのことはよく覚えている。漬物が凍る寒さなのだ。水ではない、塩がはいった漬物が凍る。雪が多いこともあり、骨の方までしんしんとしみこんでくる寒さだった。

　高山で生まれ、高山で育ったので、ずっとそれが冬というものだと思っていた。東京に出てきて、ここの冬はなんてあたたかいのだろう、と思ったのをよく覚えている。

　そして、なんといっても漆のこと。

　琥珀のような透き通った艶。その艶がたまらなく好きだった。店にならぶ器をながめていると時間を忘れた。

　祖父は塗師だった。母には兄と弟がいて、彼らは塗師の仕事より店の営業に力を入れていたから、店もしだいに器を作るより売る方が主になっていった。祖父もそれで良いと考えているようだった。

　だがわたしは、祖父が漆を塗るのを見るのが好きだった。

――梅雨は漆が乾きやすい。漆とは不思議なものでね、『乾く』といっても、空気が湿ってないと乾かないんだ。

　低くしわがれた祖父の声を思い出す。あれはいつだっただろう。作業場に様子を見に行ったとき、そう言ったのだ。

――おかしいだろう？　洗濯物は梅雨時には乾きにくいからな。でも漆の『乾く』は、乾燥とはちがうんだ。漆は空気のなかの湿り気を吸って固まる。だから梅雨時がちょうど良いんだよ。

おじいちゃん。一瞬だが、すっかり忘れていた祖父の声色や、がさがさした指の感触が信じられないほどあざやかによみがえり、心が震えた。

――だが、あんまり早く乾きすぎて困ることもある。同じように調合しても、なかなか乾かないときもあるし、あっというまに乾くときもある。こっちが思う通りにはいかないいんだ。やっぱり生きものだからなのかねえ。

いまでも漆器にさわるときはいつも胸が高鳴る。やはり生きものだからなんだろうか。

――漆器だってもとは木と漆、焼き物だって土。人間が作ったみたいに言うけど、どれももともとは自然のものだ。仕上がりだって、最後のところは自然の力で決まる。完全に作り手の意図した通りにはならない。

祖父の塗った器のなめらかな手触り。うっとりするような艶。ほんとうにうつくしかった。わたしにとって、春慶の透き通った漆は、美そのものだった。

戦争に行った伯父たちは帰らなかった。安川通りの大きな店は畳み、祖父はひとりで黙々と漆を塗り、祖母が店に立った。

わたしは塗師の仕事に憧れていた。祖父の仕事を見ながら、塗師になりたいと思った。

戦争で神社やお寺も金属を供出しなければならなくなって、町からうつくしいものはすべて消えてしまった。終戦でみんななにかすっぱりと大事なものを失ったような心持ちだった。わたしはそれが悲しくてならなかった。

そんななかで、漆器だけは変わらずうつくしかった。うつくしいものはなくならない。器の艶を見るたびに、心に灯《ひ》がつくようだった。

だが、祖父は認めてくれなかった。女にはできない仕事だ、と言った。女は子どもを産まなくちゃいけない。たくさん人が死んだ。復興するためにも子どもは必要だ、と。

その言葉が胸に重く響いた。息子ふたりを戦争で亡くしたのだ。これまで子どもたち、そして子孫のために生きてきたのに、生き残ったのはすでに嫁いで東京に出たわたしの母だけ。

女は子どもを産まなくちゃいけない。これからの世の中のために。この町にいても将来がない、東京の家の準備ができたら、両親のところに戻るんだよ、と祖父母は言った。それは父と母の意思でもあったから、そういうものだと受け入れていた。

それまでのあいだ、わたしは少しでも漆に触れていたかった。だから、祖母に金継ぎを習った。祖母は若いころから客に頼まれて器を繕っていた。戦争中は食料も衣類もなにもかも足りなかった。戦争が終わってもそれは変わらず、衣服も器も繕うしかなかった。

祖母が器を直すと、みな喜んでくれた。欠けた器ばかりでは、心も荒《すさ》むだろう。壊れてしまった大事な器がまた使えるようになれば、壊れたなにかがよみがえるような心地になるのかもしれない。

祖母の手伝いをすることで、人々の役に立っている、と感じることができた。それが生きる気力にもつながった。伯父たちが亡くなって希望を失ってしまったような祖母も、人の器を繕うことで自分の心を繕っているように見えた。

それでも塗師への憧れが消えたわけではない。自分で器を作ってみたかった。祖父のように、あのうつくしい漆の肌を生み出すことができたら、と思った。

だから、幼馴染の修次さんが少しうらやましかった。近所に住んでいた塗師の家の次男坊だ。背が小さくて、無口で、学校ではほとんどしゃべらなかった。まわりの男子たちには、口がきけないと思われていたみたいだ。

ほんとはちゃんとしゃべれることを、わたしは知っていた。ふたりでいるとき、流暢とは言えないけれど、話すのを聞いたことがある。修次さんがほかの男子にいじめられているのを見かけたときは、拳を固めて男子たちの前に立ち、修次さんはちゃんとしゃべれる、と代わりに言い返した。

身体の大きな子につきとばされ、修次さんが怪我をしたこともある。そんなときでも修次さんは泣くわけでもなく、言い返すわけでもなく、ただぎゅっと唇を噛んでいるだけ。手当てをして家まで送っていくあいだも、なにも言わなかった。

子どものころの修次さんの家は塗師の仕事一筋で、店は持っていなかった。うちのような店から依頼されて、器を作る。それを卸して稼いでいた。塗りの質はとても高くて、修次さんの家の器にはいつも高値がつき、金持ちしか買えなかった。

飛騨春慶は木目を生かすために透き漆を用いる。使用する木材によって仕上がりは異なるが、もともとの木より少し黄味を帯びた黄金色のものが多い。だが、透き漆にも色味があって、塗師によって仕上がりの色が少しずつ異なる。

下地で塗る色によって赤味がかった色に仕上げることもできて、これは紅春慶と呼ばれる。修次さんの家で塗られた紅春慶は赤い命の塊のようで、見るたびにどきどきした。

修次さんのお兄さんは勉強がよくできる優秀な人だったから、進学することになったみたいだった。店の経営を学ぶために、東京の大学に進みたいと言っていた。

でも修次さんは、小さいころから職人になると決めていた。決して勉強ができないわけではない。授業中に当てられても答えられないから、まわりからは勉強ができないと思われていたけれど、試験の結果は悪くなかった。そのことを知っている先生方は、修次さんにもうちょっと勇気を持って、教室でも発言してみよう、と助言していた。

だけどたぶん、修次さんは、話すということに意欲を持っていなかったんだと思う。小学生のころからお父さんに漆芸を学び、それに一心に打ち込んでいた。学校が終わるとだれとも遊ばずさっさと家に帰り、家業の手伝いをしていた。

きっと漆の魔力に魅入られて、そのことしか考えられなくなってしまったんだろう。わたしはなんとなくそう感じていた。わたしも家で器を見るたびに似たことを感じていたから、その気持ちが少しわかるような気がした。

修次さんが漆を塗っているところを見たくて、学校の帰りに何度か家までついていったことがある。家にあがるまでは拒まなかったけれど、仕事をするところはなかなか見せてもらえなかった。

修次さんのお父さんはかなり気むずかしい人で、わたしの祖父でさえ会うときは緊張する、と言っていた。腕は立つが、人付き合いが下手。無口で、無表情。なにを考えているのかわからない。大人たちはみなそう言った。修次さんと少し似ていると思った。

仕事は見せられない。修次さんはいつもそう言った。お父さんにそう言いつけられているようだった。家に伝わる技法をよその人間に見せたくない、というのもあったのだろう。

修次さんにとってもそれは真剣な仕事で、遊び半分に友だちに見せるようなものではなかったのだろうとも思う。

わたしは何度も何度も修次さんについていった。煙たがられはしたが、修次さんは完全には拒まなかった。くりかえし、仕事をしているところが見たい、と頼み、自分も漆が大好きなのだと熱弁した。修次さんはいつもなにも答えなかった。その顔を見ていると、言葉なんてなんの意味もないような気がして、しゃべりすぎてしまったことを後悔した。

だけど一度だけ、仕事を見せてもらったことがある。わたしが東京に行く少し前のことだった。ある日突然修次さんが家にやってきて、今日なら見せてやる、と言った。それから修次さんの家に行き、仕事を見せてもらったのだ。

あの日のことはいまでも忘れられない。修次さんの顔はいつもと全然ちがった。学校ではいつも眠そうにぼんやりしているのに、仕事場での修次さんは燃えるような目をしていた。

ああ、修次さんはいまはどうしているのだろう。あのあとすぐに母が来て、わたしは東京に発った。東京での暮らしは高山とはまったくちがっていた。父の会社が戦後順調だったおかげで、東京で小さいながらも庭のついた家を手に入れていた。

わたしは東京の高校に進学した。大きな建物で、生徒もたくさんいた。父母に連れられて大きな町に行き、目を白黒させたこともあった。

日々はあわただしく過ぎ、時の流れについていくだけで必死だったけれど、高山のことは毎日なつかしく思い出した。祖父母にも修次さんにもときどき手紙を書いた。祖母はよく返事をくれたけれど、修次さんからはほとんど来なかった。来たのは年賀状くらい。謹賀新年、とだけ書かれたぶっきらぼうなものだった。

それも途中で途絶えてしまった。ある年こちらから出した年賀状に、転居先不明の印が押されて返ってきた。そのころには都竹の家も祖父母も亡くなっていたから問い合わせる先もなく、どうなったのかわからずじまいだった。

修次さんは引っ越したのだろうか。元気なのだろうか。今度高山に行ったときに会うことはできないだろうか。ふとそんなことを思って首を横に振った。連絡先もわからないのに、会えるわけがない。修次さんはよそに出てしまったのかもしれない。もう亡くなっているかもしれない。

ため息をついて、目を閉じた。

2

翌日、君枝さんに電話をかけた。直し終わったカフェオレボウルが完全に乾いて、そろそろ渡せる頃合いだった。いまは暑いから、取りにくるのは秋になってからでもいいよ、と言ったが、君枝さんは早く見たいから明日取りに行く、と言った。

いまはもうひとり暮らしだからね、時間は自由なの。遅くなっても大丈夫だから。君枝さんは電話の向こうでころころと笑った。

君枝さんは繕いの常連で、もともとは結子の友だち・昌子さんのお母さんだ。昌子さんと結子は小学校、中学校と同じ学校で、高校からは別になったが、親同士はその後もずっと付き合いがあった。

上のふたりのときは、母親同士で出かけることなどほとんどなかった。学校の行事で顔を合わせることがあっても、気後れしてだれとも親しくならなかった。だがなぜか結子のときはちがった。

昌子さんのお母さんの君枝さん、亜紀さんのお母さんの綾子さん、文香さんのお母さんの洋子さん。いちばん仲が良かったのはその三人で、子どもが成長してからもときどきいっしょに出かけていた。

綾子さんは五年前に亡くなった。クモ膜下出血で、突然のことだった。お葬式で久しぶりに亜紀さんと会うと、小さい子どもをふたり連れていた。会食の席ではほかのふたりといっしょに、まだ早いよね、と言いながら、これからはこういうことが増えるのだろうなあ、と思っていた。

そのころには、君枝さんや洋子さんと会うことも少なくなっていた。君枝さんは旦那さんが癌で自宅療養になり、洋子さんの旦那さんには認知症が出て、ふたりともあまり出かけられなくなっていた。

わたしのところはもう夫が亡くなって、結子たちと同居はしていたが昼間は自由だったから、ときどき君枝さんや洋子さんの家を訪ねることもあった。だが一昨年くらいから君枝さんとあまり連絡が取れなくなった。旦那さんがかなり悪くなっているらしい、と洋子さんから聞いた。

それが去年の暮れ、突然君枝さんから電話があったのだ。三ヶ月前に旦那さんが亡くなったのだと言う。葬儀は身内ですませ、少し落ち着いたところで連絡してきたらしい。頼みたいことがあるから、うちに来たい、と言う。

──頼みたいことって？

──直してもらいたい器があるの。お願いできる？

──それはもちろん。

君枝さんの頼みならどんな器でも直そうと思っていた。

直しを頼みたいのは、萩焼のカフェオレボウル。かなりばらばらになっているが、破片はそろっているらしい。

君枝さんはさっそく次の日にやってきた。平日の昼間で、結子も真緒もいない。何度もうちに来たことがあるから、熊野神社の階段をのぼるのがきついことはよく知っていて、大森駅からタクシーに乗ってきた。

——ほんとにこのあたり坂が多いわよね。住むの、大変でしょう？

君枝さんは笑った。前よりかなり痩せていた。介護の疲れもあるのだろう。でも、笑顔を見て少しほっとした。

——ようやくいろいろ片づいて……。それで、これをお願いしよう、って。

君枝さんがカバンからタオルの包みを出す。開くと破片のはいったビニール袋が出てきた。器の半分くらいにあたる大きな破片といくつかそれより小さめの破片。かなり細かいものまではいっていた。

——こんなのでも直せる？

——直せるわよ。時間はかかるけど、破片もけっこうあるみたいだし。

——よかった。

君枝さんはほっとしたような顔になった。これまで何度も君枝さんの器を直したが、ここまでばらばらになったものはなかった。だから君枝さんもさすがにこれはむずかしいかもしれない、と思っていたらしい。

　実は、こちらでわたしが繕いを再開したのは君枝さんがきっかけだった。結子が中学のときだ。あるとき君枝さんと器の話になり、修繕ができることを話すと、どうしても直してほしい器があるからお願いできないか、と言われた。

　久しぶりで不安だったが、君枝さんの頼みだから、と引き受けた。高山にいたころと同じように、漆の色で直した。君枝さんはとても喜んでくれた。それからいろいろな人に頼まれるようになったのだ。

　ビニール袋を開き、破片を取り出す。やわらかいピンクの焼き物だ。ベージュの地に淡いピンクの釉薬がかかっている。

——これ、萩焼なの？

　萩焼らしいやわらかい質感だが、全体に薄く、表面がなめらかだ。萩焼というのは重厚なものが多い印象だったが、こういうものもあるのか。

——めずらしいでしょう？　若手の作家さんの作品で、かわいいから若い女性にも人気なんですって。萩に行ったときに見つけたの。

——へえ。でも、この色も君枝さんにしてはめずらしいね。

　君枝さんの器はもっと渋い色が多かった。

――そうでしょ？　ピンクなんてね。自分では選ばない。

自分では選ばない、ということは、贈り物、ということだろうか。萩に行ったときに買った、ということは、だれかといっしょに行って、そこで買い求めた、ということか。そこまで考えたとき、はっと気づいた。もしかして、亡くなった旦那さんだろうか。

――でも、とてもきれいな色だよ。

――うん。

君枝さんがうなずく。

――これね、夫とふたりで萩に旅行したとき買ったんだ。かわいいけど若向けかな、と思ってたら、夫がめずらしく、これ、いいね、って言って。カフェオレボウルとして売られてたけど、なんでも使えるの。ヨーグルト食べたり、小鉢みたいに使ったり。

――この器なら和でも洋でもいけるわね。

――割れたのは半年前。いつか直してもらおうと思って、破片は取っておいたんだ。でも、夫が生きているあいだは頼みに来ることもできなくて……。

――大変だったでしょう？

うちは夫が倒れてから亡くなるまでがわりと短かったし、週末は結子が手伝いに来てくれた。だが君枝さんのところは闘病が三年以上続いた。昌子さんは旦那さんの仕事の都合で地方住まいで、なかなか来られないみたいだった。

――そうねえ。でも、ヘルパーさんを雇ってたし、訪問看護師さんもよくしてくれたから。わたしひとりじゃ絶対に無理だったと思う。

介護は力仕事だ。わたしも夫の身体を起こすだけで一苦労だったのを思い出す。動けなくなるころにはだいぶ痩せ細っていたが、それでも意外に重さがあった。わたしひとりでは抱え起こすことはできず、人というのは重いものだ、と痛感した。

――それでも夜中はわたしだけだしね。いつなにが起こるかと思って、ずっと張り詰めて

て……。

君枝さんは息をつく。旦那さんが亡くなったことで介護の緊張からは解放された。もちろんさびしいだろうけど、その複雑な気持ちはよくわかる。

――夫が亡くなったら家にひとりでしょ。いろいろ思うの。結婚してからのこと。子どもが生まれてからは子どもの世話。成長してしばらく自由だったけど、孫の世話の手伝いがはじまって、夫と自分の親の介護があって、次は夫の介護。ずっとなにかの世話をし続けてきた気がする。それが全部終わったような感じ。

――自分の役目がなくなっちゃったみたいよね。

――そう。なにかの世話をすることが重荷で、早く終わらないかなあ、ってずっと思って

たのよ。人の世話をするだけの人生に腹が立つこともあった。全部終わって自由になったら、あれもしよう、これもしよう、って考えてたけど、終わってみたらこの年だもの。身体の自由もきかないし、たいていのことはしなくてもいいような気になっちゃって。

君枝さんはははははっと笑った。

――わかる。

わたしも笑ってうなずいた。

――千絵さんはまだまだでしょう？　金継ぎもあるし、結子さんやお孫さんと同居してるし。真緒ちゃんもまだ高校生でしょ？　結子さん忙しいみたいだし、ちゃんと役割があるじゃないの。

――まあ、それはそうなんだけどね。

――わたしのところは孫ももう大学生だし。でも、最初に思ったほどはさびしくないよ。夫は亡くなったけど、家のなかにまだ魂が残っている感じがするし。

君枝さんはしみじみ言った。

――介護してるときはさ、親のときもそうだったけど、先がすごく不安になるんだよね。育児は未来があるじゃない？　子どもが自分のもとを離れたあとも、どこかで頑張って生きていく。でも介護って、終着点はその人の死でしょう？　未来がない。

――そうね。頑張っても頑張っても、その先にはなにもない。

――だから気が滅入ることもあったんだけど……。でもあれはあれで、恵みだったんだなあ、っていまは思う。

――恵み？

――子どもは成長するとどっか行っちゃうでしょ？　こっちがどんなに苦労しても、そんなの向こうには関係ない、しまいには邪魔にされたりして。だけど、介護は逆なのよね。どんどんわたしのことが必要になってくる。はじめはなんでもなくできていたことができなくなって、わたしを頼るようになる。

――そうだね。赤ちゃんに戻る、っていうのとはまたちがうけど。

――そう。決していいことだとは言えない。辛くて悲しいことよね。できてたことができなくなっていらいらもするし、死と向き合う重圧もある。

同じように両親や夫を見送ってきた身として、君枝さんの話が少しわかる気がした。

――本人も辛い。苦しみの海の上に浮いてるのがわかるから、見てるこっちも辛い。おたがい、毎日上機嫌というわけにはいかない。けど、毎日上機嫌じゃないのは、育児だって同じだよね。

――そうね、赤ちゃんも泣いてることの方が多いし。

　わたしが言うと、君枝さんは笑った。

――けど、たまに笑うとこっちもうれしくなる。なによりも素晴らしい時間だって思う。介護にもそういう瞬間があった。

――そうだね。むかしの話をして、それまで通じ合わなかった部分がすっと通じるようになったときとか……。

――思いがけず感謝されたりね。だからって全然喜べない。けど、思い返すと、宝になってる。過去をもう一度抱きしめることができた。それも恵みだったんだ、って。

　君枝さんの言葉になんだか胸がいっぱいになった。

――そうそう、わたしね、最近毎日『万葉集』を読んでいるの。

　なにも答えられずにいるうちに、君枝さんがあかるい声で言った。

――やってみたかったことの大半は体力が追いつかなくなっちゃったけど、本を読むくらいならできるなあ、と思って。本棚からむかしの全集を引っ張り出したのよ。

　君枝さんは、わたしたちの年にしてはめずらしく大学まで行っている。ご両親がお金持ちでインテリだったのだと思う。

――素敵だね。やっぱり君枝さんはわたしたちとはちがう。古典を読むなんて。

――そんなことないよ。勉強じゃないの。歌は心だから、読めば伝わってくるものがあるんだよ。

――そう？

――そうだよ。現代語訳もついてるし。あとは歌の調べを楽しめばいいの。千絵さん、子どものころ百人一首、しなかった？

――少しだけ。

高山にいたころは、お正月に親戚が集まったときにした。東京に出てからはそれどころじゃなかった気がするけれど。

――そしたら、意味がわからないなりに、言葉の響きが印象に残ったりしなかった？

――そうね。長々し夜をひとりかもねむ、とか、むべ山風を嵐というらん、とか……。

百人一首なんてもう何十年もしていない。それでもこうして言葉の響きの断片が心に残っている。

――そういう気持ちがね、いま読むとけっこうわかるのよ。若いころはぴんと来なかったけど、ああ、なるほどなあ、って伝わってくる。それに『万葉集』ができたのっていまから千二百年前くらいでしょう？　千年って気が遠くなるほどむかしだと思っていたけど、自分が百歳に近づいてくると、なんとなく手がとどく年月のような気がしてきて……。

――それは、いやだなあ。

わたしが笑うと、君枝さんも花がほころぶように笑った。

——ああ、ごめんなさい。自分のことばかり話しちゃった。

君枝さんが恥ずかしそうに言った。

——ううん。久しぶりにゆっくり話せてよかった。わたしもそうだなあ、と思うところ、あったし。君枝さんはやっぱりいろいろ考えてる人なんだなあ、って。

——そんなこと、ないよ。

微笑む君枝さんの顔に、一瞬だけ若いころの面影が重なった。あのころのわたしたちはおたがいにまだ若い母親だった。子どものことや家族のことをあれこれ語り合って時間を忘れた。

君枝さんの旦那さんは学者で、ちょっと変わった人らしかった。部屋のなかは本と資料にあふれ、居間や廊下にもはみ出してくる。本棚にはとてもおさまらず、崩れそうなほど床にも積み上がっていた。

家で大事に育てられて、浮世離れした人だから、こっちの都合なんて全然考えない。君枝さんはそう言っていた。

なにもかも自分の思い通りになってあたりまえと思ってるんだから。だけど、純粋で、子どもみたいだから憎めない。きっと一生研究のことばかり考えて、わたしにも感情や思考があるんだって気づかないままなんだろうけど。そう言って苦笑いしていた。

その旦那さんがだんだん弱っていくのを見てきたのだ。きっと複雑な思いだっただろう。

——それで、この器、どんなふうに直そうか。

わたしは破片のはいった袋を見下ろして訊いた。

——金でも銀でもいいし、器に合わせて別の色を入れてもいいし……。

何度も直しを頼まれているから、君枝さんも、金継ぎのほか、銀やほかの色、共継ぎなど、ほとんどの方法を知っている。

——色は考えてなかったけど、直しの跡は残った方がいいかな。

しばらく考えてから、君枝さんがゆっくりと答えた。

——残った方がいい？

——うん。だけど、金みたいに目立つのはちょっとちがう。銀ならいいかもしれないけど……それも少しちがうような……。

迷うように言葉が揺れた。

——千絵さんにまかせる。金や銀みたいに光らない色で、直しがあることがわかれば、どんな色でもいい。

君枝さんがわたしを見た。

――正直、わたしも何色がいいかわからないんだ。そんなにセンスがいい方じゃないし、千絵さんにまかせた方が安心かな、って。

君枝さんの目は少し悲しい色をしていた。その目を見ながら、きっと君枝さんには自分では決められない事情があるんだろう、と思った。

――わかった。じゃあ、器を見ながら、色を考えてみる。

そう答えて、器を預かった。

とりあえず直しをはじめたものの、仕上げのところではたと迷った。まかせると言われたけれど、いったい何色にすれば良いのか。

銀は合うだろうけど、金や銀じゃない方がいいと言われていた。ピンクの地と同系の赤も考えたが、想像するとどこかちがう。器の軽やかさ、透明感が台無しになってしまう気がした。

漆の色がいいだろうか。淡いピンクといっても、ムラがあり、全体が均一な色というわけではない。地のベージュが透けているところもあり、陶器らしい色合いだから、しっくり馴染むだろう。

グレーもいいかもしれない。銀でなく光らないグレーなら。色あいも合うだろう。だけど、なにかちがう。跡が残るだけじゃダメな気がした。直しの跡が生き生きとしたあたらしい景色になるような色でないと。

亡くなった旦那さんとの記念の品だというのも重く感じられた。毎日器をながめながら考え、どうしても思いつかずにいた。

春休みに真緒が金継ぎを手伝いたい、と言い出したとき、色のことを相談してみようと思った。若い真緒なら、わたしには思いつかないような色合わせを考えるかもしれない。

真緒は君枝さんのことも、君枝さんの旦那さんが亡くなったことも知らない。わたしは知ってしまっているからどうしても縛られる。知らない方が自由に考えられるかもしれない、とも思った。

だが、真緒が「空みたいな色」と答えたときはちょっと驚いた。青の色漆を使うことはある。でもそれは青磁のように青味のある器か、青系の柄がはいった器のときだけ。ピンクに青を合わせるなんて考えたこともなかった。

それに、青と聞いたとき、君枝さんの旦那さんのことを思い出したのだ。旦那さんとは一度だけ会ったことがある。とてもきれいな目をした人で、君枝さんの、純粋で子どもみたいなところがある、という言葉がよくわかった気がした。そのとき、深みのある青色のセーターを着ていたのだ。

あのセーターの深い色。

漆は乾くと色が一段沈む。だから青ではなく、あさぎの顔料を使った。乾いてみると、セーターの青とちょうど同じような色あいになり、ピンクとも意外なほどよく合った。

3

次の日の夕方、君枝さんに器を渡すとき、真緒も同席させることにした。青にすることを思いついたのは真緒だし、真緒の方も結子の友だちのお母さんということで、少し関心があるようだった。

君枝さんはタクシーでやってきた。黒の涼しそうなワンピース姿だった。前に会ったときに比べると少しふっくらして、元気そうでほっとした。

居間に通し、直した器をテーブルに置くと、君枝さんは一瞬目を見張った。黙ったまま、器をじっと見つめている。

「青……。とてもきれい」

ややあって、ぼそっとつぶやいた。

「青なんて、思いつかなかった」

君枝さんが目をあげる。

「わたしも。思いついたのは、孫の真緒で……」

そう言って、真緒の方を見た。

「はじめまして」

真緒がぺこりと頭を下げる。

「お孫さん、って、結子さんの？」

「はい。娘です」

「最近、わたしの金継ぎを手伝ってくれてるの」

「金継ぎを？」

君枝さんは驚いたように真緒を見つめた。

「あの……この色で、よかったんでしょうか。祖母に訊かれて、勘で答えてしまっただけなんです。だから、ちょっと心配で……」

「大丈夫よ。というより、ちょっとびっくりしてる。わたしにも思いつかなかったけど、うん、そうね。この色しかなかった」

君枝さんがにこっと笑った。

「真緒に青って言われて、前に旦那さんに会ったとき、青色のセーターを着ていたのを思い出した。それで、ああ、あの色しかないな、って思ったの」

「そうね。あのセーターの青。わたしも思い出した。あれはわたしが選んだ色だった」

君枝さんは目を閉じる。

「実はね、この器にはペアがあったの。最初からペアとして売られていたわけじゃないのよ。このカフェオレボウルにはいろいろな色があって、お店でおたがいに合う色を選んだの。待ってね、買ったときの写真があるから」

そう言って、カバンからスマホを出す。すいすいと操作して、写真を呼び出す。

「これこれ」

テーブルにこつんとスマホを置く。画面を見て驚いた。ピンクとブルーのカフェオレボウルがならんでいる。

「こっちがわたしので、こっちが夫の」

君枝さんが順に写真のなかの器を指す。

「青……」

真緒も驚いたような顔になる。旦那さんの方のボウルの色は直しに使った青とそっくりだった。

「夫は子どもっぽい人でね。研究のことしか考えてなくて、家のことにはまるで無関心。なんて無責任なんだ、って腹を立てたこともあったっけ」

君枝さんの口からぽろぽろと言葉がこぼれ落ちる。高校生の真緒にはわからない内容かと思ったが、君枝さんの顔を見つめ、真剣に聞いている。

「平安時代の和歌が専門だったんだけど、その時代の人たちの歌に詠まれた心のことばかり話してた。いっしょに住んでるわたしたちにだって心はあるのに、そんなの全然見えてないみたいで」

君枝さんはくすくす笑う。

「わたしの父も大学人だったから、そういうのには慣れてるつもりだった。父もそうだったの。思春期になって、お父さんはふつうの人とちょっとちがう、って気づいて、母にその話をしたら困ったような顔で笑ってた」

むかし君枝さんから、お父さんの紹介で旦那さんと結婚したのだ、と聞いた覚えがあった。お父さんと同じ大学に勤めている助手と結婚したのだ、と。

君枝さんはわたしたちに家のことをあまり口にしなかった。とくに旦那さんの愚痴は。

綾子さんのところは旦那さんがお酒を飲んで暴れることがあり、洋子さんのところは旦那さんの実家との折り合いが悪かった。だから君枝さんとわたしは、もっぱら彼女たちの愚痴を聞く側だった。

そんな君枝さんも一度だけ愚痴をこぼしたことがある。昌子さんが六年生のとき、旦那さんといっしょに学芸会に行ったのだが、昌子さんのクラスの劇の発表の途中で席を立ち、外に出ていってしまったのだ。

昌子さん本人は気づいていなかったようだが、君枝さんはさすがに怒って旦那さんを問いただした。旦那さんはきょとんとした顔で、劇を見ていてすごいことを思いついたんだ、どうしても書き留めておきたくて、と言った。

自分が悪いことをしたなんて思ってもいないみたいで。君枝さんがそう言うと、綾子さんと洋子さんは、贅沢な悩みじゃないの、と笑った。君枝さんがうらやましい、旦那さんがおだやかで真面目な人で。お酒も飲まないし、手をあげることもないんでしょう、と。

君枝さんも、そうね、と言って笑っていた。

「結局わたし、夫のこと、よくわかってなかったんだと思う。夫の話、ちゃんと聞いてなかった。煩雑な家事に追われているときにそんな浮世離れした話をされてもね。だからいつも聞き流してた。夫がなにを考えているのか、全然わかってなかった。同じ家に住んでいるのに、だれよりも遠い気がしてた。ずっと」

君枝さんがカフェオレボウルを両方の手でぎゅっと包む。

「だけど、大学を辞めてから、少しずつ話ができるようになった。家事も少し手伝ってくれるようになって、家の庭の花のことを訊いてきたり、いっしょに旅行したりするようになった。このカフェオレボウルを買ったのは、萩に行ったとき。めずらしく夫が器に関心を示して、これがいいんじゃないか、って言ったの。ちょっとびっくりした。こういうのが好きだったんだ、って」

「モダンな器だものね」

「ずっと気に入って、大事にしてた。毎朝これでヨーグルトを食べて、サラダや酢の物に使うこともあったし。ずっと大事にしてて……」

君枝さんはうつむき、器をテーブルに置く。

「でも、割ってしまった」

「旦那さんが？」

「そう。亡くなる三ヶ月くらい前のこと。まだまだふつうに生活ができたの。その朝も朝ごはんの支度をしようとして、いつものようにカフェオレボウルを出そうとした。そのとき、落としたの。わたしのピンクの器を。元気そうにふるまっていたけど握力がもうだいぶ弱っていたみたいで……」

君枝さんの声がふるえた。

「床に落ちて割れてしまった器を見て、わたしに謝ったの。ごめん、って。大事な器を割ってしまった、って。そうして泣いた」

「泣いた……」

「わたしは、いいよ、って言ったの。器は割れるものなんだから、気にしないで、って。でも、夫は、もうこんなこともできなくなってしまったんだ、って、声をあげて泣いた。自分はもう長くない、もうダメだ、って」

君枝さんの目から涙がポロポロこぼれ出した。

「ああ、って思った。それまでは余命を宣告されても、暗い顔なんて見せなかった。わたしに当たることもなかった。いつも大丈夫だよ、って笑ってくれてた。だけど、やっぱり怖かったんだな、って。なんて言ったらいいかわからなくて、となりにしゃがんで、ただ、大丈夫だよ、って言って……」

君枝さんのとなりに座り、肩を抱く。

「夫はね、言ったの。ずっと研究ばかりで、お前の話を全然聞いてやれなかった。研究は蝶みたいなものなんだ。いつも頭のどこかで研究のことを考えていて、あるときふっとどこかから蝶があらわれる。そうなるともうダメなんだ。早くそれを捕まえなければ、って、いてもたってもいられなくなる。蝶を追いかけるだけの人生だった。お前に結局なにもできないまま、先に死んでしまう。ごめんな、って」

真緒がうつむいているのが見えた。頬から涙が落ちていく。わたしも耐えきれず、涙をこぼした。

「だけど、わたしはなにも言えなかった。大丈夫だよ、しか言えなくて……」

そう言うと、君枝さんは声をあげて泣いた。真緒もわたしもなにも言えずにいた。

しばらくして君枝さんは顔をあげ、テーブルの上の器をもう一度手に取った。

「ほんと、あの色とそっくり。夫の器はこんな色だった」

「そちらの器はまだあるんですか？」

真緒が訊いた。

「夫の器は葬儀のあとに割ったわ」

「割った？」

真緒が目を丸くする。

「茶碗割ね」

わたしが言うと、君枝さんがうなずいた。

「茶碗割？」

真緒が訊いてくる。

「宗派にもよるけど、人が亡くなると、まずいつも使っていたお茶碗にごはんを盛る。そのごはんを棺に入れるの。これからの旅路のお弁当としてね。でもお茶碗の方は棺には入れられないでしょう？　だから、割るの」

「割っちゃうの？　形見の器なのに？」

「うん。こっちに戻ってこないで、ちゃんと成仏してくださいね、ってことなの。もうお茶碗はありません、こっちに戻ってもごはんは食べられませんから、向こうに旅立ってくださいね、ってこと」

「そうなんだ。おじいちゃんのときも割ったの？」

「割ったよ。だから、おじいちゃんの使ってた器はないでしょう？」

「そうか」

真緒は少し納得できないような顔になる。故人がいつも使っていたものだから、取っておきたいという気持ちもわかる。だが、こちら側のそういう未練も断ち切らなければならないのだろう。

「カフェオレボウルが割れたとき、夫に言ったの。わたしの器は千絵さんに頼めばきっと直してくれるから、って。そしたら、絶対に直してもらってくれ、って。死ぬ少し前にも言ってたわ。早く器を千絵さんのところに出してくれ、って。直ったところを見せたかったけど、あのころは全然余裕がなくて……」

旦那さんが亡くなって、ようやく時間ができたのだろう。青に直した筋を満足そうに見つめる君枝さんの顔を見て、よかった、と思った。

　君枝さんが少し遅くなっても大丈夫と言うので、家でいっしょに夕飯をとった。たいしたものは作れなかったが、人といっしょに食事ができるだけで楽しい、と君枝さんは喜んでくれた。

　真緒は若いころの結子の話をいろいろ聞いていた。友だちの目を通すと別の面が見えてくることもあるようで、母親のわたしも知らないことがたくさんあった。

「実はね」

　夕飯が終わるころ、君枝さんがあらたまった表情で言った。

「わたし、昌子のところに行くことになったの」

　一呼吸おいて、そう言った。

「昌子さんのところ、って……」

　旦那さんの仕事の都合で遠方に住んでいたはずだ。

「九州よ。福岡」

「福岡……」

　呆然とした。

「わたしひとりになって、心配だから、って前から誘われてたの。昌子の旦那さんはもうご両親がいないし、いっしょに住まないか、って」

「そうなの」

「いまの家にも思い入れがあるし、近所の方や千絵さんたちとの付き合いがあるから、ずいぶん迷ったんだけどね。でも、ちょっと身体を壊すと自分でも怖くなる。だから元気ないまのうちに越しておこうと思って」

そう言って、少しうつむいた。

「ちょっとさびしいけど、昌子さんと住めるなら、それがいちばんよね」

「あの家も売りに出して、家具もほとんど処分することになったわ。でも、この器を持っていけるから、いいかな、って。気をつけて使うわ。もう気軽に千絵さんに繕いを頼めなくなるから……」

そこまで言って、君枝さんの目から涙がこぼれた。

「君枝さん……」

君枝さんはわたしより五歳若いけど、一度九州に行ったらそう簡単に東京には来られないだろう。

もう会えないかもしれない。

わたしも胸がいっぱいになる。結子が小学生のときからの付き合いだから、もう四十年近くなる。そのあいだいくつも君枝さんの器を直した。もしかしたら、今回のカフェオレボウルが最後かもしれない。

こんなふうに呆気《あっけ》なく終わるものなのか。

「大丈夫よ、いまは宅配便だってあるじゃない。壊れたものがあったら送ってよ。そしたら直すから」

「そうね。そうよね。これっきり、ってわけじゃないもんね」

「飛行機に乗ればすぐでしょう？　いつかわたしがそっちに旅行に行けるかもしれない。そのときはよろしくね」

「ええ。心細いけど、せっかくあたらしい土地に行くんだもの。いろいろ見たいものもあるしね。昌子も連れていきたいところがたくさんあるって」

「そうよ、きっといいことたくさんあるよ」

わたしがそう言うと、君枝さんは一瞬、驚いたような顔をした。

「きっといいことたくさんあるよ、か。夫もよくそう言ってたなあ。病気がわかって一時入院して、もう手術も無理だからあとは家で、ってなったときも、家に帰ってきていちばんにそう言ったの。まだまだ楽しいこと、いっぱいあるよ、って。こんな状態なのになに言ってるんだろう、ってびっくりした。この人、自分が置かれた状況をわかってないのかな、って」

君枝さんが無理に笑顔を作る。

「だけど、きっと、ちゃんと全部わかってたんだよね。ほんと、なにもしてあげられなかったなあ、結局」

「そんなことないよ、君枝さん、ずっとそばにいたんだから。それでいいんだよ」

「そうかなあ」

君枝さんは、よくわからない、という顔で、天井を見上げた。

しばらくお茶を飲みながらおしゃべりしたあと、君枝さんはタクシーで帰っていった。

「器を直すって、すごいことだね」

ふたりになると、真緒がつぶやいた。

「どうして?」

「器って、毎日使うものだもんね。いろいろ思い出が詰まってる」

「そうだねえ。たしかに修繕に出すのはそういう器ばかりかもしれない」

「直すだけだと思ってたけど、あたらしいものを作るのと同じくらいすごいことなんだ、って思った。ううん、あたらしいものを作るより、責任重大かも。その人にとってはたったひとつの器なんだものね。今日の君枝さんみたいに」

真緒は深く息をついた。そういうことを感じ取れる子に育ったのがとてもうれしく、誇らしかった。

「そうね。直したい器って、よほど大事なものなんだよね。こっちで金継ぎを再開したときに習いに行ったのはそのためなんだ。ちゃんといい形に直せるように、って」

「そうだったんだ」

「祖母から教わったのは実用性重視の素朴な直しだったから、それだけじゃダメだなって思った。それで、鎌倉の六角先生っていう漆の先生のところに習いに行くようになった。金継ぎや銀継ぎ、蒔絵直しを習ったのも六角先生のところでだったんだ」

「へえ」

「最初はカルチャーセンターの講座だったんだけど、わたしが経験があるってわかってから、鎌倉にある自分の工房に呼んでくれるようになったの。六角先生の直しは素晴らしかった。それ自体があたらしい作品みたいなんだよ」

鎌倉の工房に通っていたころのことを思い出す。はじめて先生がお客さまから器を預かる様子を見たときは衝撃だった。器の破片を見ながらお客さまと二言三言話しただけで、その人がどんな人かわかってしまうのだ。まるで名探偵ホームズみたいだった。

その直感に基づいて直し方を決める。半年ほど経って、仕上がった器を見たお客さまはみな満足していた。

こんなふうに直せたら。そう切望した。どうやったらそんなことが可能になるのか訊くと、先生は笑って、方法なんてない、と言った。ただ相手と器をよく見ること。そうすれば自然とわかるようになる、と。

その六角先生も数年前に亡くなった。少しずつ、自分の知っている世界が小さくなる。両親や夫が亡くなったときのように、六角先生が亡くなったときもそう感じた。

「おばあちゃんだって、できるじゃない」

真緒が言った。

「おばあちゃんのメモを見ながら、この器の持ち主、どんな人なんだろう、っていろいろ想像するんだよね。修繕が終わってからも何ヶ月かうちに置かれてるでしょ。そのあいだにもいろいろ考える。で、持ち主が取りにくると、こういう人だったのか、って」

「そうなの?」

真緒がそんなに観察していたとは。少し驚いた。

「それでおばあちゃんのメモを思い出して、ああ、そういう意味だったのか、って思う。

この人だからこうだったんだ、みたいな」

「やっぱり慣れかなあ。常連さんの好みはわかってるし、そういうの積み重ねていくと、あたらしい人が来ても、予測がつくようになる。でも、今回青で直すのを思いついたのは真緒だからね。真緒の手柄」

「そうかな」

真緒は照れたように笑った。

4

もう、そう簡単に君枝さんと会えないんだな。

ひとりで床につくと急にさびしくなった。こっちから旅行に行く、なんて話したけれど、実現できるかわからない。行けるとしてもせいぜい一度か二度。年をとってくると、人と会うときいつもこれが最後かもしれない、と思う。

でも君枝さんにはだいぶお世話になったのだ。真緒はいまふうに「ママ友」と言ってたけれど、子ども同士のつながりだけじゃない、もっと深いつながりがあった。わたしの一方的な思い込みかもしれないけれど。

夫のことも、君枝さんだけはなにかわかっていたんじゃないか、と思う。一度も口に出したことはなかったけれど、あのころわたしが苦しんでいたことを、君枝さんだけは感じ取ってくれていたような気がするのだ。

わたしも君枝さんと同じように、綾子さんや洋子さんたちの前で夫の愚痴を言ったことがない。いま考えると、話さなかったのは口にすると壊れてしまいそうだったから。言ったら負けという意地のようなものもあった。

わたしは高校卒業後、東京の会社に就職し、見合いで結婚した。夫はおだやかだが無口で無趣味、仕事ばかりの人だった。長男、次男のあと結子が生まれ、家事と育児に明け暮れていた。

高山の祖父母が相次いで他界したのは結子が小学五年生のとき。都竹漆器店はすでに廃業していた。祖父の葬儀では、母といっしょに長男、次男と結子を連れて高山に行った。

夫に別の女性がいることを知ったのは、葬儀の帰りのことだった。そのころ夫は単身赴任で名古屋の支店にいた。高山からの帰り、子どもたちは母に預けて先に東京に戻ってもらい、わたしだけ夫の様子を見に名古屋の家を訪ねることにした。

いま考えてみると、どこかで夫の様子がおかしいと気づいていたのかもしれない。だから夫に内緒で、突然訪れるようなことをしたのかもしれない。

いやな予感は的中して、家の近くまで行ったとき、女性といっしょにいる夫と鉢合わせしそうになった。相手は若く、親しげな様子で、ふたりとも楽しそうに笑っていた。

わたしの前ではあんなふうに笑ったことなんかない。すっかり打ち解けあっているふたりの姿を見て、身体ががたがたふるえた。夫はわたしには気づいていないようだった。それでそのまま踵《きびす》を返して駅の方に戻った。

苦しみがはじまったのはそれからだ。思い返してみれば、おかしなことはいくつもあった。昼間家にひとりでいると、そんなあれこれが頭のなかをぐるぐるめぐり、家事も手につかなくなる。

親には相談したくなかった。それに、あのときちらっと姿を見ただけだから、勘違いかもしれない。ちゃんと確かめなければ、と思って、東京勤務だったころの夫の同僚で、家に何度か来たことがある樋口さんという人を訪ねた。

樋口さんは最初は知らない、と言っていたが、わたしが食い下がると、もう二年以上前から続いているらしい、と渋々話し出し、やっぱり単身赴任がさびしかったんじゃないでしょうか、と言った。

名古屋支店への単身赴任は三年前から。家族で行くという話も出た。銀行勤めの夫はこれまでも何度か転勤していて、そのたびにわたしたちも転居していた。だが、そのときは家を買ったばかりで、子どもたちを転校させるのもかわいそうで、夫がひとりで行くことになったのだった。

――でも、大丈夫ですよ、きっと。中村さんだって家庭を壊す気はないと思います。お子さんだっているし、家も買ったばかりでしょう？

樋口さんはそう言った。

――それに申し訳ないけど、男っていうのはそんなものかもしれない。奥さんが騒がずにいれば、名古屋から帰ってくるときには別れると思いますよ。

――そんな……。

――気持ちがおさまらないのはわかります。でも、こういうのは騒いだら逆効果ですよ。わたしもこのことは中村さんに黙っておきますから、奥さんも下手に問い詰めたりしない方がいい。

そうした方がいいということは自分でもわかっていた。きっとよくあることなんだ。どの家も多かれ少なかれ、こんなことがあるにちがいない。君枝さんの家は別としても、口に出さないだけで綾子さんや洋子さんだって経験があるのかもしれない。

黙っていれば、ことを荒立てなければ、夫もやがて家に帰ってくる。

――でも、なぜなんでしょう。なんで夫は……。

それでもどうしようもなくて、ぽろっとこぼした。

――奥さんのせいじゃない。女の人には理解できないかもしれないけど、男ってそういうどうしようもないところがあるんですよ。ただ、さびしかったんだと思います。

――やっぱり単身赴任が良くなかったんでしょうか。

――でも、お子さんが三人もいるし、それは仕方がなかったんじゃないですか？　中村さんもそこは納得されてたと思います。

――じゃあ、わたしがもう少し頻繁に名古屋に足を運んでいたら……。

言いかけて口をつぐむ。交通費もかかるし、子どもを置いていくわけにもいかない。そんなこと、できるはずもなかった。

――いや、そういうことでもないと思いますよ。

樋口さんは気の毒そうにわたしを見た。

――こんなこと言ったら気を悪くするかもしれないけど、中村さんは夢を見てるんですよ、きっと。

――夢？

――実は、この前出張で中村さんに会ったんです。中村さん、言ってました。千絵は母親としては完璧だ。家事もしっかりこなして、非の打ちどころがない。でも、強すぎて、冷たい、って。

意外な言葉に呆然とした。

——その点、加代はあったかいんだ、って。

その言葉に、頭をがんと殴られたみたいだった。加代というのは、あのときいっしょにいたあの女性のことだろう。たしかにやさしそうな人だった。

あったかい、という表現に涙が出そうになる。夫にとって、わたしは強く冷たくて、その人はあたたかいのか。

それに、樋口さんはそのとき夫から全部話を聞いていたんだ。酒の席だろうか。わたしのことも話に出たんだろう。情けなくて泣きそうになる。樋口さんとは特別親しい間柄だからかもしれないが、夫にとって、隠すほどの話じゃなかった、ということだ。

——加代さんって、どんな人なんですか？

少し硬い口調で訊ねた。

——よく知りません。

そんなはずはない。じっと樋口さんの目を見た。

——それに、もし知っていても言えませんよ。奥さんのためにもね。

──わたしのため？

──相手の像がはっきりすると、もっと気持ちが追い詰められてしまうかもしれない。

樋口さんは真顔で言った。わたしが名古屋に乗りこんでいくとでも思ったのだろうか。

──でもね、それは所詮夢なんですよ。単身赴任先でだけ見る夢。相手の女性とは結婚しているわけじゃないし、子どももいない。生活を背負っていない。だからやさしくできるだけ。所帯を持てば彼女だって変わるでしょう。

夫は所帯を持つことに疲れていた、と言いたいのか。だからわたしが名古屋に足を運ぶのは無駄なこと。単身赴任でつかのまの夢を見ている方がしあわせだということか。

結局この人も夫の味方なんだ。同情を装っているが、そういうことか。

──わたしは奥さんのこと冷たいとは思いません。それは何度も会っているからわかる。中村さんだってほんとは夢だってわかってると思うんです。だから、騒がなければちゃんと帰ってきますよ。何年かの辛抱じゃないですか。

これ以上話しても無駄と悟り、すごすごと家に帰った。

それから、このことはだれにも話さなかった。親に言ったところで、樋口さんと似たようなことを言うに決まっている。騒ぎ立てれば恥をかく。だから、よくあることだと言い聞かせ、見て見ぬふりをすることにした。

もちろん綾子さんたちにも言えなかった。旦那さんがお酒を飲んで暴れる、みたいな愚痴だったら、だれにでも言えるのかもしれない。だけど、夫をほかの女性に取られる、というのは、もっとみっともないことだ。情けなくてとても口にできない。

加代はあったかい。樋口さんが言っていた言葉を思い出すたび、悔しくて泣きそうになる。そうかもしれない。わたしはむかしから人にやさしくするのが苦手だった。心を開くことも、だれかを頼ることも、いつもうまくできなかった。

高山から出てきたばかりのころ、見知らぬ人がたくさんいる東京が怖かった。高山の暮らしとあまりにもちがったし、離れて育った父母や兄たちとも馴染めない。兄たちにはいつも笑われているような気がしたし、心を開くなんて怖くてとてもできなかった。

働きはじめてからも、結婚して子どもが生まれてからも。上ふたりの子のときは友だちのお母さんたちと打ち解けることができなかった。

気さくな綾子さんや洋子さんと親しくなって、いっしょにいろいろなところに行くようになった。気晴らしにはなったけれど、自分の愚痴をこぼすほどには心を許せなかった。

だが、君枝さんだけは少しちがった。

——千絵さん、大丈夫？

夫のことで悩んでいたころ、君枝さんにそう訊かれたことがある。綾子さんたちと別れ、ふたりで家に向かう最中のことだった。

——千絵さんってときどきすごく苦しそうに見えるときがある。愚痴を全然言わないけど、なんか抱えてるのかな、って。

そう訊かれ、思わず君枝さんの顔を見た。おっとりして育ちが良さそうな雰囲気で、綾子さんたちからは「お嬢」と呼ばれていた。

——わたしもだけど、千絵さんも人に愚痴を言わない方でしょう？　けどね、悩みがないわけじゃ、ないんだよね。口にする勇気がないだけ。ちがう？

君枝さんがにこっと笑った。その通りだ。口にする勇気がない。人に話してなんになる、と思っているところもあった。

——話そうとしても、ほかの人まで不愉快にさせるほどのことかな、って思っちゃう。綾子さんや洋子さんを見てると、ちょっとうらやましい。人ってああいう人のところに集まるのよね。ほがらかでざっくばらんとしてて、いっしょにいるとこっちまで元気になる。綾子さんたちみたいに愚痴くらい言った方が打ち解けられるのかな、と思うけど、やっぱりうまくいかなくて。

君枝さん、そんなことを考えていたのか、と思わず笑ってしまった。

——千絵さん、苦しいのかなあ、って思う。あ、でも、大丈夫。口にしたくないなら、言わなくていいよ。そういうことじゃないの。ただ、ちょっといい方法があるから、知らせておきたいと思って。

——いい方法？

——心のなかにあれこれたまっちゃうと、苦しくなるでしょう。そういうときはこれを使いなさい、って結婚するとき母から大きな白い袋を渡されたの。ひとりになったとき、その袋を口に当てて、袋のなかに精一杯叫ぶんだって。

君枝さんが袋に口を当てる真似をした。

——バカヤロー、とか、コンチクショー、とかなんでもいいんだけど。

上品な君枝さんが、バカヤロー、とか、コンチクショーなどと言うのを聞いて、思わず笑ってしまった。

そんなことでどうにかなる悩みじゃない。聞いたときはそう思ったけれど、ほんとうに気持ちが追い詰められてどうしようもなくなったとき、ふとこの話を思い出して、家にあった紙袋を口に当てて、思い切り叫んでみた。

いったん声に出すと、次から次へ文句が出てくる。ひとしきり叫ぶと、なぜか気持ちがおさまっていた。袋に向かって叫んでいる自分の姿が滑稽に思えて、いろんなことがどうでもよくなった。以来この方法には長いことお世話になった。

君枝さんは知的で、興味の幅が広かった。旦那さんが大学からチケットをもらうことも多かったらしく、ときおり博物館や美術館に誘われた。綾子さんたちは展覧会にはあまり興味がなかったようで、そういうときはたいてい君枝さんとふたりで出かけた。

あるとき「漆芸の歴史」という展覧会に誘われた。漆といえば春慶しか知らなかったわたしは、蒔絵や螺鈿などの素晴らしい細工を見て、その細かさ、うつくしさに目を見張った。

金継ぎの器も見た。修繕が施された井戸茶碗だ。戦国時代、武将たちは井戸茶碗と呼ばれる器を愛好した。朝鮮半島で日常的に使われていた素朴な茶碗を茶器に見立てたもので、日本の茶人や武将たちのあいだで侘び茶の道具として人気があったらしい。

金で継いだものが多く、迫力があった。豊臣秀吉の「銘・筒井筒」、明智光秀の「銘・坂本」。有名な武将の器もならんでいた。

いちばん驚いたのは、「須弥」という銘の大井戸茶碗だ。通称「十文字」。その名の通り、真ん中に十字の繕いがはいっている。壊れたのではなく、大ぶりの茶碗をわざわざ四つに切って、削って継ぎ直したのだ。

複数の異なる器の陶片をひとつの器に仕立てる「呼び継ぎ」という技法もあるらしい。

「もも」という銘の志野茶碗を見たが、しっくり馴染んでいて、ばらばらの欠片《かけら》をつなぎ合わせたとは思えなかった。

展覧会のあと、近くのレストランで食事をした。漆芸の話になり、自分の母親の実家が高山の漆工で、十五歳までその家に預けられていたことを話すと、君枝さんは、そうだったの、と深くうなずいた。

——そうか、だからなのね、千絵さんがふつうの人とちょっとちがうのは。

君枝さんは微笑んだ。

——ふつうの人とちがう？

なんのことだろう、と思った。

——あ、ごめんなさい、別に、悪い意味じゃ、ないのよ。どこか不思議な雰囲気があるなあ、って前から思ってたの。そう、漆器店で育ったの。高山、ってことは、飛驒春慶？

君枝さんはさすがにくわしくて、飛驒春慶のことも知っているみたいだった。

——そう、春慶。だから加飾はなくて、さっきの展覧会の作品みたいなのははじめて見た。素敵だった。

——でも、春慶は木目がとてもきれいよね。わたしは好き。もしかして、千絵さんも漆塗ったこと、あるの？

——ううん。職人の仕事だから、ってさわらせてもらえなかった。でも、ずっと憧れてて
ね、祖母といっしょによく器を直していたの。

——器を？　金継ぎってこと？

君枝さんが目を輝かせた。

——ううん。金は使わない。漆で継ぐだけ。だから、今日金で直されている器を見て、す
ごく驚いた。あんな直し方もあるんだ、って。

——そうなの。考えたら、蒔絵には金粉を使うけど、春慶では使わないものね。

君枝さんは料理を食べ終わり、優雅に紅茶を飲んでいる。

——でも、漆を使った修繕ができるなんて、すごいわ。

君枝さんはそこまで言って、あっと小さく声をあげた。

——じゃあ、いまでもできる？　器の直し。

——え、いま？　そうね、道具はある程度持ってるし……。材料をそろえられれば……。

もごもごと答える。

葬儀で高山に行ったとき、形見分けで祖母の使っていた修繕の道具をもらってきたのだ。

なつかしかったし、これがあれば器が欠けたり壊れたりしたときに直せるな、と思った。

——もしできるなら、直してもらいたい器があるんだけど。

君枝さんがわたしをじっと見た。

——でも、うまくできるかわからないよ。もう長いことやってないから。それに、今日の展示品みたいに、金を使った直しもしたことないし。

——金は使わなくてもいいわよ。もちろん、材料代やお礼もお支払いするし。

子どもたちが学校に行っているあいだなら、作業ができないことはない。漆を乾かす時間があるから修繕には時間がかかるけれど、一回ごとの作業はそれほどかからない。

——そしたら、材料が手にはいるか調べてみる。漆が手にはいったら、やってみる。でも、時間がかかるよ。いったん漆を塗って、乾かして、削って、ってくりかえさなくちゃならないから。

——そうなの？　全部でどれくらい？

——直しの具合にもよるけど、三ヶ月くらい。それからさらに三ヶ月くらい漆を完全に乾かさなくちゃならないの。乾かないうちはかぶれることがあるから。

——じゃあ、全部で半年？　大丈夫よ、それくらい。急ぐものじゃないから。

君枝さんは笑った。

漆が手にはいるか心配だったが、ためしに都竹漆器店で取引していた漆屋さんに連絡を取ってみた。漆産業が全体に衰えはじめていて、葬儀で高山に帰ったときに町を見ると、閉じてしまった店も多いようだった。

だが、漆屋さんはまだ営業していた。わたしのことを覚えていてくれたようで、少量を分けてもらうことができた。米糊はうちで作れるし、砥の粉も画材店で手に入れることができた。

最初に君枝さんに頼まれたのは湯呑みと小皿で、どれも小さな欠けだった。忘れているかと心配したが、身体が覚えていたようだった。直しはじめると楽しくて、気づくともやもやした気持ちを全部忘れていた。

勢いがついて、うちにあった欠けた器も直しはじめた。君枝さんにその話をすると、親戚やら友人からも欠けた器を集めてきて、これもお願い、と言った。いつのまにか、日中子どもたちが学校に行っているあいだ、夢中で器を直すようになっていた。

君枝さんに最初の器を返すと、君枝さんはすごく喜んでくれた。綾子さんや洋子さんも仕上がりを見て、直しを頼んでくるようになり、口伝てで少しずつお客さんが増えた。

近所のお茶の先生も紹介された。修繕にもくわしい人で、その人と話していまの技術だけではダメだ、と気づいた。お茶の先生に紹介され、六角先生の金継ぎ教室に通うようになった。

あたらしいことを学ぶのが楽しく、充実した日々だった。鎌倉の工房に通うようになってから、六角先生にも、張り詰めたような表情が少しやわらかくなったね、と言われた。夫のことがどうでもよくなったわけではない。だが、器を直し、あたらしい技術を学ぶたび、自分にもできることがある、と感じた。自分は自分、と思えるようになったのかもしれない。

その後、君枝さんの家は少し離れたところに越してしまい、以前ほど頻繁には会えなくなった。だが、子どもたちも手がかからなくなり、時間が自由になっていたから、月に一度か二度はみんなでどこかに出かけたり、食事したりしていた。

結子が大学にあがるころ、夫が東京に戻ってきた。女性とは別れたようだった。樋口さんも黙っていたらしく、夫はわたしが女性のことを知っていたとは気づいていなかった。なにごともなかったかのように、また東京の家で暮らしはじめた。

結局、樋口さんが正しかったのだろう。騒ぎ立てず、終わるのを待つ。あのとき夫を問い詰めたりしていたら、子どもたちも巻きこんで大ごとになっていたかもしれない。夫への怒りはもうなかったけれど、都合の良い話だ、と釈然としなかった。

長男・次男はすでにひとり立ちしており、家には結子しかいなかった。その結子も、大学時代の長期休みにはひとりであちこち旅行していたし、夫も週末になればゴルフに出かけた。わたしは変わらず、ひとり修繕の作業を行っていた。

家族で暮らすマイホーム。そう思って手に入れた家だったが、結局全員で過ごしたことなどほとんどなかった。

その後、結子も結婚して家を出た。真緒が生まれ、里帰り出産でしばらくはあわただしく時が過ぎた。真緒が三歳のとき、結子が離婚。自分だけが育児に追われ、キャリアをあきらめなければならない。結子がそのことに耐えられなかったのだ。

夫もわたしももちろん反対した。夫は、結子の言い分を子どもじみている、と叱った。わたしは複雑な思いだった。自分は子どものためを思って、苦しかったが耐えたのだ。結子はなぜ同じことができないのか、といらだった。

結子の夫である智己さんにも身勝手なところがあるのは知っていたから、結子の気持ちもわからないではない。それでも真緒のことを考えたら離婚なんてするべきじゃない。そう苦言を呈したけれど、結局結子は離婚して、うちにも寄りつかなくなった。

自分が育て方を誤ったんだ、と後悔した。わたしたち夫婦がきちんとした関係を築けなかったから、結子もまちがえてしまったのだ、と。

年月が経ち、結子も少し変わった。夫が亡くなって、いっしょに暮らすようになり、わたしもいまでは結子の生き方が少しわかるようになった。時代が変わったのだ、と思う。

結子には夫とのことはひとことも話していない。君枝さんにも結局話さなかった。知っているのは樋口さんだけ。その樋口さんも去年亡くなった。わたしはきっとこの秘密を墓までひとりで持っていくんだろう。

ああ、でも、やっぱり君枝さんには話しておこうか。

わたしが自分を取り戻すことができたのは、君枝さんのおかげなんだ。君枝さんが修繕を思い出させてくれたから。六角先生のところに通うようになったのも、そもそもは君枝さんが最初に修繕を頼んでくれたから。

そのときふと、君枝さんが最初に繕いを頼んできたのは、こうなるとわかっていたからかもしれない、と思った。繕いがわたしの心の助けになるとどこかで予感していたのかもしれない。

何十年も気づかなかったことに急に気づいて、じわっと涙が出た。

会いに行かなくちゃ。君枝さんが引っ越してしまう前に、もう一度会おう。なにがあったか話せるかはわからないけど、ちゃんとお礼を言おう。

それから、高山のころのことも話そう。

祖父のこと、祖母のこと、漆のこと、直しのこと、あのころの暮らしのこと。それから修次さんのこと。ずっと大事に持っていたあのかんざしのこと。

いままでだれにも話したことのなかったあれこれ。一度も光を浴びないまま、わたしといっしょに葬られてしまうのはかわいそうだ。

あのかんざしは、真緒に渡そうか。きれいだと言ってくれた真緒に。

高山に行ったらたくさん写真を撮ろう。それを持って君枝さんを訪ねよう。そんなことを思っているうちに、眠りに落ちていた。

第三章

飛騨春慶

1

旅行の前日の夜、母から電話がかかってきた。

ホテルの別のスタッフが倒れて、明日はどうしても勤務にはいらなければならない、と言うのだ。

「お母さん、高山行けなくなっちゃったみたい」

電話をそのままにして、そばにいた祖母に伝える。

「そうなの？　残念だけど……。ちょっと代わってくれる？」

「じゃあ、電話、スピーカーにするよ。そしたらみんなで話せるし」

わたしは通話のモードをスピーカーに切り替えた。

「ごめんね、同僚がいきなりめまいで倒れちゃって、医務の先生から大きな病気の兆候かもしれないから、すぐに検査に行くように言われて……」

スピーカーから母の声が聞こえてくる。

「明日はほかに交代できる人がいないの。それで結局わたしが出ることになって」

「そうか、大変だったね。残念だけど、そういうことなら仕方ないよ。旅行はまたこっちに帰ってきてからでも行けるし」

祖母が言った。

「彼女も、検査を二、三日先に延ばしても、って言ってくれたんだけど、大ごとだったら困るし。病気がはっきりしないと安心できないから」

「そりゃそうだよ。なにかあったりしたら困るもの。忙しいと思うけど、あんたも身体壊さないようにね。わたしたちは大丈夫だよ。もう真緒とふたりでどこをまわるか計画も立てたし」

そう言いながら、祖母がこっちを見る。

「へえ、そうなの？」

「そうそう。ガイドブック買って、おばあちゃんの行きたいとこも聞いて、スケジュールもちゃんと決めたんだよ」

横から言った。

「ほんと？　すごいね。けど、あんまり詰めこみすぎちゃ、ダメだよ。暑い時期だし、熱中症にならないように、休み休みね。おばあちゃんにあまり無理させないでね」

「わかってる。ちゃんと考えてるから。おばあちゃん、行きたいとこ多すぎなんだよ。体力考えて、って、わたしがセーブしてるくらいで……」

「そうなんだ」

母は笑った。

「まあ、大丈夫そうだね。もう準備できたの？　明日は早いし……」

「大丈夫だって。もう荷造りもすんでるから」

お母さんは心配性だなあ、とため息をつく。

「大丈夫だよ。真緒もね、いまはもうひとりでちゃんと朝も起きてるし」

祖母が口をはさむ。

「へえ、ほんと？」

「あたりまえでしょ？」

ムキになって言った。たしかに中学まではお母さんかおばあちゃんに起こしてもらわないと起きられなかったけど……。それはもうむかしの話だ。

「わかった。写真撮ったら送ってね」

母が笑いながら言った。

「じゃあ、あんたも気をつけてよ。少しでも早く寝て……」

祖母が言った。

「大丈夫だよ。もう大人なんだから」

母もそう言ってため息をつく。祖母にとっては母もいまだに子どもなのかもしれない、と思ったら、ちょっと笑いそうになった。

準備もできているし、あとは寝るだけ。ベッドにはいろうとしたところで、朋子からメッセージが来ていることに気づいた。

――明日から旅行だよね？

――そうだよ。お土産買ってくるね～。

短く書いて、送信ボタンを押す。返事はない。もう寝てしまった、ってことはないだろうけど、いまはスマホ、見てないんだろう。

一昨日、旅行のことでチャットした。あのとき朋子に、真緒はおばあちゃん子だよね、と言われたんだっけ。たしかにわたしにとって祖母は特別な存在だ。

父と母が別れたころのことは正直あまり覚えていないのだけれど、いま思うと、母とふたりで暮らしていたころは、もっと毎日ピリピリしていた。家に住んでいるのではなくて、小さな舟に乗って海を漂流しているみたいだった。

母はずっと無表情だった。泣いて酒浸りになるとか、怒ってわたしにあたるとか、そういうことは一切なかったけれど、その代わり母自身がなんの感情も持っていないみたいに、どんどん目のなかが空洞になっていくようで、怖かった。

たまに遊びに連れていってくれることもあったけれど、そういうときも母は上の空だった。ただ仕事をこなしているようで、全然楽しそうじゃなかった。これからの人生、ずっとこんな感じなのかな、と思うと、どうしようもなく憂鬱だった。

祖父が倒れて、介護やなにやらで母とこの家に通うようになって、それまで凪《な》いでいた海が大荒れになった。母は忙しすぎて辛そうだったし、ときどき泣くこともあった。もうこの舟は壊れてしまうのかもしれない、と不安でたまらなかった。

母が忙しさのあまり祖母にきつく当たることもあった。わたしは見ていてはらはらしたけど、祖母はそれでも絶対に母を責めなかった。そういうとき、たいてい母は家に帰ってから、おばあちゃんにひどいこと言っちゃった、と落ちこんでいた。

祖父が亡くなる少し前、母とふたりでこの家に泊まりこんだことがある。わたしはなんとなく小さいころのことを思い出していた。母も祖父母も、そのときはなぜかなごやかで、むかしみたいでほっとした。

母が笑ったり泣いたりするのを見ながら、こういう顔を長いこと見ていなかったなあ、と感じた。祖父はそれからすぐに亡くなってしまったし、祖母も母も疲れ切っていたけれど、母が少しずつ自分の気持ちを話してくれるようになった気がした。

大森の家に越すことになって、わたしはほっとしていた。ようやく舟から陸地にあがれる、そんな気がしていたのだ。越してきてから母はますます仕事で忙しくなって、会っている時間は減ったけど、よく笑うようになった。

それまでは小さい舟のなかで、ただふたりとも必死で漕いでいるだけだった。近くにいるけど背中合わせで、おたがいの顔を見ている時間もなかった。いま母とわたしが安心して暮らせるのは祖母のおかげなんだと思う。

もう小舟に戻りたくない。だから祖母の体調が悪くなると、すごく不安になる。だけど。やっぱりいつか、おばあちゃんは死んでしまう。その日が来るのがとても怖い。自分の一部がなくなってしまうようで、とても怖い。こういう気持ちは、クラスのほかの子にはわからないのかもしれないなあ、と思う。

金継ぎを習いはじめてから、おばあちゃんの考えていることをもっと知りたい、と思うようになった。おばあちゃんが亡くなって、知らない部分ばかりが残るのはいやだった。高山旅行に行きたいと思ったのも、そういう気持ちからなのだ。

——おおおーお土産！！！　楽しみ〜〜〜。

着信音が鳴って、朋子からかわいいスタンプつきのメッセージが返ってきた。

——なんかかわいいもの買ってくるよー。

——ありがとう〜〜。わたしも来週家族旅行。お土産買ってくるねー。

朋子の家は奈良に行くと言っていた。和風ファンタジーが好きで、イラストを描くのが趣味の朋子は、取材写真を撮りまくる、と張り切っていた。

——取材、頑張ってね〜。

——おお〜〜古墳とかお寺とか、いまから楽しみすぎる！　滾《たぎ》る〜！

朋子から大量のびっくりマークが送られて来た。

——真緒も高山の写真、撮ってきて〜。

——わかったー。撮ったら送るよー。実は、向こうでお母さんと合流するはずだったんだけど、仕事で来られなくなっちゃったんだ・・・

——ひええ！！！！　大丈夫？

——もちろん！　準備もばっちりだし！

——真緒はすごいよなあ〜〜しっかりしてるし、やさしいし。お母さんに話したらめちゃ感動してた。

——ありがと・・・

——暑いから気をつけて。おばあちゃん、大事にな〜。

——了解！

——早く寝ろよー。

——じゃあおやすみー。

——おやすみー。


スマホを置き、電源ケーブルを差しこむ。

朋子にしっかりしてる、とか、やさしいとか言われてちょっと照れくさかった。頑張らなくちゃ。でも、ほんとに大丈夫かな。急に責任重大な気がしてきた。

とにかく早く寝よう。目覚ましを確認する。目覚ましとスマホのアラームを二重にセット。さらにスマホを少し離れた机に置く。枕元だと切って二度寝しちゃうかもしれないから。

さすがにこれで大丈夫だろう。ベッドに横たわり、目を閉じた。

2

翌朝は六時過ぎに家を出た。目が覚めてリビングに行くと、祖母はもう起きて着替えもすませていた。タクシーで大森駅に出て、京浜東北線で東京駅に出る。東京駅で朝ごはんのサンドイッチを買い、七時二十分発の北陸新幹線かがやき５０３号に乗った。

新幹線に乗るまでは緊張していたが、席に座ってサンドイッチを食べ終わると、急に眠くなってきた。車内で読むかもと思ってガイドブックを旅行カバンから出しておいたけれど、開く間もなく眠ってしまった。

目が覚めて外を見ると、あたりは緑に囲まれていた。祖母は起きていて、軽井沢のあたりだという。

しばらく景色をながめていたが、だんだんトンネルが多くなって、またしても眠くなってしまった。いつのまにかうつらうつらしていたらしい。目が覚めると暗いトンネルのなかだったり、外の山が見えたりした。

まだ家のベッドにいる夢も見た。なぜかそれが母とふたり暮らしだったころの家で、母に早く起きなさい、と叱られていた。遅刻するわよ、と言われてあわてて飛び起き、となりに座っている祖母に、どうしたの、と笑われた。

昨日電話であんな話をしたからかなあ。外の風景やトンネルの壁や夢が頭のなかで縞模様みたいになっている。

「ほら見て、あっちは海」

祖母に言われて反対側の席の窓を見る。外に海が広がっている。

「わあ、ほんとだ」

線路は海のすぐ近くを走っているようで、白い波が立つのが見える。

「そろそろ立山が見えてくるよ。今日は晴れてるからよく見えるかも」

祖母がうきうきと言う。切符を買うとき、祖母は、富山が近づくと左側に立山連峰が見える、だから左の席がいい、と言った。

右の窓からは日本海が見えるらしくて、わたしはそれもいいような気がした。天候がどんなでも海は見える。だが山は晴れているときしか見えない。それでも祖母は、どうしても山側、と言った。

——でも、曇りだったら？

——そのときはあきらめるしかないね。でも、晴れてるのに右に座ってたら絶対後悔する。賭けみたいなもんだけど、やっぱり左がいい。

祖母がそう主張するので、左の席を取ったのだ。

だけど……。山なんて、これまでも見えてたじゃないか。それより海の方がめずらしい。太平洋は見慣れてるけど、これは日本海だ。なんとなく太平洋とは雰囲気がちがう気もする。光の加減だろうか。

やっぱり右にした方がよかったんじゃ……。右側の席の人の頭越しに海をながめながらそんなことを思っていたとき、祖母がわたしの腕を突いた。

「見えた」

祖母が窓の外を指す。

「うわあっ」

わたしは思わず小さく叫んだ。高い山が左側に長く連なっている。

「あれが立山連峰？」

「そうだよ」

黒々とした山が巨大な壁のようにそびえ立つ。あちらこちらに白い筋が見えた。あれはきっと雪なんだろう。これまでの旅行で見た信州の山々とは雰囲気がまたちがう。

左手に立山連峰が見えます、という車内アナウンスも流れ、みんないっせいに左側の窓の方を見る。わあ、とか、おお、とか、さっきのわたしと同じように声をあげている人もいて、祖母が山側の席を選んだわけがわかった気がした。

「でも、新幹線できて、ほんとに早くなったよねえ。びっくりしちゃった」

祖母が言った。

「そうなの？」

「前に富山に行ったときは、まだ北陸新幹線が長野までしか通ってなかったから、上越新幹線で越後湯沢でほくほく線に乗り換えて、急行はくたかで行ったのよね。越後湯沢から富山までけっこうかかったのよ」

祖母の父方のルーツは富山にある。いまでも遠い親戚が残っていて、祖母は十年ほど前に法事で富山を訪れたらしい。金沢勤務になった母も、帰ってくるたびに、北陸新幹線ができててよかった、と言っている。

山をながめているうちに富山駅に着いた。そこから高山本線のワイドビューひだ8号に乗り換える。富山の駅はあたらしくてとてもきれいで、祖母は、こんなふうになったの、どこがどこだかわからないわ、と目を丸くしている。

高山本線に乗りこむと、一気に旅行気分が盛り上がった。富山駅を出てしばらくは大きな建物が続いていたが、やがて畑や田んぼが増えてきた。線路はずっと神通川という広い川に沿って走っている。

楡原《にれはら》という駅を過ぎたあたりから、まわりがどんどん山深くなってきた。神通川も広広とした河原はなくなり、渓谷になっていく。線路は高くなり、水面がはるか下になった。

ガイドブックに高山は山岳都市と書いてあったけど、ほんとうだ。これから山あいの古い町に行くのだと思うと、冒険ファンタジーの主人公になったような気分になる。

「この線はそんなに変わってないのねえ」

わたしと同じように窓の外をながめていた祖母がぽつんとつぶやいた。

「線路も電車も立派になったけどね。景色はあんまり変わらない。山と川だけがずっと続いてる」

「険しい谷だね。電車がなかったころはどうしてたんだろう」

「そうだねえ。この線ができたのは一九三〇年代だったかな。わたしの父もこれに乗って富山から高山にやってきたんだ」

祖母が生まれる前の話だ。そんなころもあったんだな。あたりまえのことなのに、なぜか不思議な気がした。

「まだ戦争の前の話。なんだか不思議だねえ。いつのまにか、大むかしのことみたいになってしまった」

祖母が少しさびしそうに言った。

高山駅に着き、駅の近くのお蕎麦《そば》屋さんでお昼を食べた。タクシーで宿に行き、荷物を預ける。祖母の体調のこともあるし、祖母の育った場所を探すのは明日にまわし、今日は高山陣屋を見て、古い町並みを少し歩いたら宿に戻ろうと決めた。

母が取ってくれた宿は、高山陣屋から近いホテルだった。さんまち通りというお店のならぶ通りから少しはいったところにある。宮川という町の真ん中を流れている川からも近い。宿を出て、宮川にかかる中橋の方に歩いた。

「だんだん思い出してきた。そうそう、こうだったわよねぇ」

中橋の前に立つと、祖母はうれしそうに言った。中橋は赤い手すりのついたきれいな橋で、その向こうはこんもりした山だ。この町、山に守られてるみたい、と思った。川の水もきらきら光り、東京とは流れている空気がちがう気がした。

陣屋前の広場では朝市が開かれるらしい。大きな門をくぐると、木造の立派な建物がそびえ立っていた。玄関には徳川家の葵の紋のついた幕がかかっている。

ガイドによれば、陣屋というのは、江戸時代に郡代や代官が治政を行った場所のこと。役所と代官の住居、蔵などが合体した建物らしい。

江戸時代、多くの土地は領主が統治していたが、いくつか「幕領」と呼ばれる幕府直轄領があった。陣屋とはその直轄領に置かれた設備、つまり幕府支配の出張所。直轄領になったのは、山林資源や金・銀・銅・鉛などの鉱物資源が豊富だったからなのだそうだ。

靴を脱ぎ、屋敷に上がる。

「なか、こんなふうになってたんだ」

祖母もなかにはいるのははじめてらしい。明治維新以後、陣屋の建物は高山県庁舎として使用されてきた。一九六九年に飛驒県事務所が移転したあと修復作業が行われ、一般公開されるようになったのは平成になってからなのだそうだ。

陣屋の内部は想像よりずっと広かった。公的な会議が行われた大広間、刑事関係の取り調べを行う吟味所、民事関係を扱う御白洲、僧侶や町役人の詰所の奥に郡代の広い住居。建物のとなりには年貢米などをおさめた大きな蔵がある。

めずらしい調度品もたくさんあるし、蔵のなかには陣屋や飛驒の歴史にまつわる展示もあって、休み休み見ていたらいつのまにか二時間も経っていた。朋子に見せるための写真も、すごい枚数になっていた。


陣屋を出て、さんまち通りを少し歩き、古い町並みと呼ばれている有名な小道にはいった。木造の古い建物がならんでいる。

「江戸時代みたい」

建物が古いだけじゃない。お味噌屋さんのなかには量り売りの樽がならび、酒造店からはお酒が発酵する匂いがむわんと漂ってくる。またむくむくと撮影欲求が高まって、何度もシャッターボタンを押す。だが人が多すぎて、なかなかうまく撮れない。

「すごい人だねえ」

祖母も驚いたように目を白黒させている。それに、観光客の多くは外国人だった。土産物のお店や食べ歩きの店にも外国人の列ができている。江戸時代みたいな町並みに外国人観光客がぎっしりなのは、なんだか不思議な光景だった。

陣屋が見どころ満載だったのと、町並みの人だかりと、暑さとで、わたしもへとへとになっていた。祖母もわたしももっと見たい気持ちはあったけれど、今日は早めに宿に戻ってゆっくりしよう、と散策を切りあげた。

宿のなかは涼しく、はいったとたん生き返った。わたしたちの部屋は和室で、広々している。窓から町とこんもりした山が見えた。

「うわあ、畳。落ち着く」

わたしは畳の上にゴロンと横たわった。祖母は窓の外をながめたあと、部屋の真ん中に置かれた座卓の前に座った。

「けっこう疲れたねえ。陣屋、あんなに見るとこあるなんて、知らなかったよ。十年分くらい勉強した。高山の歴史なんて、いままで全然知らなかったから」

祖母がはははっと笑う。

「疲れた、って言ってるけど、おばあちゃん、わたしよりよっぽど元気じゃない？」

お茶を淹れている祖母を見ながら言った。さっきももっと町を歩きたい、と言い張っていたくらいだ。

「歩いてるときは、もっともっとって思っちゃうんだよ。だけどね、今日は早めに宿にはいって正解。部屋にはいったら疲れてるのがわかった。真緒さんの判断が正しかったです」

祖母はそう言ってお茶を出す。

「そうだよね。明日はおばあちゃんの住んでたところを探すんだから。その前に疲れ果てちゃったら元も子もない」

起きあがり、お茶を飲む。座卓の上には小さなお菓子が用意されていた。ひとつつまんで袋を破く。くるみのはいった甘いお菓子だ。

少し休んでから宿の上にある温泉へ。町をながめながらはいるお風呂は気持ちが良かった。夕食は飛驒牛は祖母には重いかもしれないから、と母が懐石を頼んでくれていた。見た目にもきれいな料理が次々にならぶ。

食べ終わって部屋に戻ると、もうお布団が敷かれていた。お母さんと朋子に写真を送ろうと思っていたけれど、布団にはいるとすぐに眠ってしまった。

3

翌朝は朝市はあとまわしにして、タクシーで屋台会館の方に向かった。祖母の家はそのあたりにあったらしい。まわりにいくつも古い町家建築があり、観光名所になっているので、建築物を見学しつつ、周辺を散策しよう、ということになった。

江名子川を渡ったあたりでタクシーを降り、まずは日下部《くさかべ》民藝館に向かった。古い木造の建物がならんでいるけれど、お店が少ないせいか、昨日歩いた古い町並みと呼ばれる通りに比べるとひっそりしていた。

日下部民藝館はもともと日下部家という幕府の御用商人の屋敷だ。玄関はそれほど大きくないが、なかにはいるといきなり広い土間があり、太い梁が縦横に走る高い吹き抜けの天井に驚いた。

これは朋子が見たら喜ぶだろう。スマホを取り出し、写真を撮りまくる。

「おばあちゃんの住んでた家もこんなだったの？」

横で天井を見上げている祖母に訊いた。

「まさか。こんな広い家じゃ、なかったよ」

日下部家はむかし「谷屋」という屋号だったのだそうだ。説明には、役所の御用金を用立てする掛屋をつとめたのち両替屋を営んでいた、と書かれている。当時の建物は明治八年の大火で焼けてしまい、いまの建物は明治十二年に建てられたものらしい。

木材が豊富な飛騨の国は優れた建築技術を持っていた。この建物はその技術を集めて造られたものなのだそうだ。高い吹き抜けがダイナミックで、すごくかっこいい。太い梁と柱が狂いなく格子状に組まれている。

土間の横で靴を脱ぎ、階段をのぼる。上の畳の部屋には食器や火鉢、衣装や装身具が展示されていた。ガラスケースのなかにはかんざしも置かれている。

祖母の赤いかんざしを思い出したが、似たものはない。祖母のかんざしは木でできていて、春慶塗りだった。だがここに飾られているのはべっこうが多い。木製のものもあるが、螺鈿や模様などの細かい細工があった。

母屋を出て少し中庭で休んだあと、すぐ横にある吉島《よしじま》家という邸宅を見た。こちらは酒造業を営んでいた家で、玄関の上に大きな杉玉がかかっている。広い吹き抜けの土間、正確に組まれた梁と柱は日下部家と似ている。天井を屋根の形に沿うように曲げた「折り曲げ天井」や、屋内の文庫蔵などめずらしい造りもあった。

吉島家を出ると、近くの漆器のお店に向かった。ガイドブックを見ていたとき、祖母が寄りたいと言ったところだ。祖母が高山に住んでいたころからある店らしい。いまは場所が変わっているが、ここに行けばなにかわかるかもしれない、と言っていた。

細い道を歩いていくと、大きな構えの漆器の店が見えてきた。正面は煉瓦造りで「新井漆器店」という大きな看板が出ていた。

「むかしのお店とはちがうけど、名前は同じだし、たぶんここだと思う」

祖母が、木とガラスでできた引き戸に手をかける。がらがら、と音がして戸が開いた。

店のなかは薄暗く、ひんやりしていた。カバンからハンカチを出し、汗だくになっていた額と首すじをふく。

棚に飛驒春慶の器が置かれていた。お盆に重箱、弁当箱、菓子器、花器に茶道具。どれも木目がうつくしく、黄色とオレンジのあいだのような色合いの透明な膜に包まれている。

「いらっしゃいませ」

店の奥から男の人が出てきた。母と同じか、少し若いくらいの人だ。

「あの、こちらのお店、むかし……戦争前からありましたよね」

祖母が訊いた。

「え、ええ。うちは江戸時代の終わりごろ、安政年間の創業ですから」

お店の人が不思議そうに答えた。

「そうですか、やっぱり」

祖母の表情がぱっとあかるくなる。

「わたし、実はむかしこのあたりに住んでいたんです。母方の実家が漆器のお店で……」

「そうなんですか？　店名は？」

「都竹です。都竹漆器店」

「あ、ああ、都竹さん。覚えてますよ、わたしが子どものころはまだありましたから」

お店の人も笑顔になった。

「父の代のころは、うちともいろいろ付き合いがあったんですよね。父は、都竹さんはいい店だったのに、ってよく言ってましたよ」

「お父さまは……？」

「数年前に亡くなりました。すみません、わたし自身はまだ子どもだったので、都竹さんのこと、それほど覚えていないんですが……。兄もたぶん……」

男の人は申し訳なさそうに言った。

「今日はどちらから？」

「東京です。家の都合で、戦争のあと東京に出て、それからずっと東京に住んでいました。

都竹の祖父母が亡くなったときの葬儀に訪れて以来、高山には全然来ていなかったんですよ。でも、ちょっとなつかしくなって……」

「観光客が増えて、変わったでしょう？　このあたりはわりとしずかですが」

「そうですね」

「漆器の店もだいぶ閉じてしまいました。作る人も減ってしまって」

祖母が店の人と話しているあいだ、わたしは店のなかをながめていた。

店の奥にはガラスケースがあって、お茶の道具がおさめられている。ほかと比べて高価なものなのだろう。丸い香合がならんでいるが、縞模様になった木目がつやっとした透明な膜に覆われ、朋子といっしょに鉱物のお店で見た虎目石みたいだ。

祖母の持っていたかんざしと同じ、赤っぽい色の菓子器や弁当箱もある。紅春慶というらしい。値札にそう書かれていた。

カウンターの反対側には写真が飾られていた。古いモノクロの写真だ。一枚はここのむかしの店舗だろうか、木造の店の写真。もう一枚には木と男の人が写っている。木には傷つけられたような筋が何本も残っている。

「やっぱり時代なんでしょうかね」

祖母の声がした。

「わたしがここにいたのは十五歳のときまでなんです。漆職人に憧れていたんですけどね、女だからなれなかった」

祖母はにこっと笑った。

「むかしはそうだったんでしょうね。いまは女性の職人さんもいますよ」

「そうなんですか？」

祖母が驚いたように言った。

「ええ。うちの店とも取引があります」

「時代は変わったんですねえ」

祖母がしみじみと言う。

「あの、すみません。ちょっとお訊きしたいんですが……」

わたしは横から口をはさんだ。

「この器は、どうして色がちがうんですか？　作り方がちがうんですか？」

赤い菓子器を指して訊く。

「ああ、紅春慶ですね。作り方はいっしょですよ。漆器は、漆を塗る前に下塗りをするんです。そのときの色味がちがうんですよ。飛騨春慶はたいてい黄味がかった色を塗るんですが、紅春慶は赤っぽい下地を塗る。それから透き漆を塗るんです」

お店の人は漆器作りの工程を記した説明板を見せてくれた。下塗りをしたあと漆を塗って乾かし、また塗って乾かし、とくりかえすことで、この濡れたような艶が生まれる。

「透き漆も職人によって製法がちがっていて、同じ黄色でも色味が微妙にちがうんですよ。木目の出し方もいろいろです。使う木によっても色味がちがいますし」

いくつかの器を真ん中のテーブルにならべる。

「これはヒノキで、こちらはトチ。木目の感じが違うでしょう？　ほかにケヤキやヒバ、サクラ、ブナ、ナラ、タモ、ホオの木、いろいろです」

「ほんとだ」

「春慶は木目を見せるから、木のちがいもはっきり出る。お嬢さんは、お孫さん？」

お店の人が祖母に訊く。

「ええ、高校生で。今回はふたりで来たんですよ。わたしが一度高山に行っておきたい、って言ったら、じゃあ、いっしょに行こう、って言ってくれて。ほんとはこの子の母親もいっしょに来るはずだったんですけど、仕事がはいってしまって……」

「そうなんですか。いいですねえ、おばあちゃん孝行なお嬢さんだ。高山に来るのははじめて？」

お店の人がにっこり笑う。

「はい。漆器のことも全然知らなくて……。ここのお店で漆器を作っているんですか？」

「いえ、いまは作ってないんですよ。うちはヌシからはじまった店なんですが」

「ヌシ？」

そういえば、おばあちゃんからも何度か聞いたことのある言葉だった。漆器に関係のある言葉なんだろう、と思いながら、これまでは聞き流していた。

「そうか、真緒にはまだちゃんと説明していなかったっけ。漆器を作るには工程があってね。木を彫ったり、曲げたりして器の形を作る人を木地師、それに色を塗る人を塗師って言うの。『塗る』に教師の『師』」

祖母が言った。

「それに漆掻きもいますよ。漆の木を傷つけて樹液を採取する人。この写真みたいに」

お店の人が、わたしがさっき見ていた古い写真を指した。

「こうやって木に傷をつけると、樹液が滴ってくる。それを掻き取る。採取した樹液を精製したものを器に塗るんですよ」

「うちで金継ぎするときに使っている漆、あれも同じだよ」

「チューブにはいってるやつ？」

「そうそう」

「金継ぎ、されるんですか？」

お店の人が訊いてくる。

「ええ。ここにいたころ、祖母から習ったんです。それで東京でも人から頼まれた器を直したり、継ぎ方を教えたりしてるんですよ」

「そうなんですね。このあたりでも何人か、趣味で金継ぎをしてる人はいるみたいですけど。そうですか、東京で金継ぎを」

「ええ、漆職人にはなれませんでしたけど、金継ぎは金継ぎで面白いんですよ。いまはこの子も手伝ってくれていて」

「へえ、若いのに……」

お店の人は驚いたようにわたしを見た。

「勉強より、作業する方が楽しいんです」

わたしが答えると、お店の人は少し笑って、そうですか、と言った。

「そうだ、職人の話をしてたんですよね。聞いた話では、むかしは漆を掻くのも、木地を作るのも、漆を塗るのもすべてひとりで行ってたみたいです。店舗はなくて、自分の作った器を売り歩いていた。そのうち作業は分業になって、お店を構えるようになって……。うちもですよ。もともとは塗師だったんですが、だんだん自分のところで作ったものだけでなく、ほかの職人にも仕事を頼み、できたものを集めて売るようになった」

「おばあちゃんの家は？」

わたしは祖母に訊いた。

「都竹の家も塗師だった。お店もあったけど、祖父は塗る仕事もしてた。でも、そのあとだれも店を継がなかったんだよねえ」

「うちも、父の代までは作っていたんですけどね。でも、だんだん売る方が主になって、兄もわたしも器を作ることはありません。いまはすべて職人さんに外注して作ってもらってます」

「職人さんって、どこで作業をしてるんですか。どこかに大きな工場があるんですか？」

「いえ、みなさん、自分の家で作業してますよ」

お店の人の答えにちょっと驚く。

「自分の家？　どこにあるんですか」

「このへん、どこでも」

お店の人は手を大きくぐるっと回す。

「あっちこっちにありますよ。でも、外から見たらふつうの家ですからね。古い家はなにかと住みにくいから、みんな建て替えてしまっていて、ほんとにどこにでもあるようなふつうの家。だから、そこで漆器を作っているとはわからない」

工場もないし、さっき見学したようないかにも老舗という建物でもないらしい。

「このあたりはむかしからそういう職人さんが集まって住んでたんですよ。同業者が集まっている方がなにかと便利でしょう？　いまもみんなこのへんに住んでますよ。都竹さんと付き合いのあった人も……」

「まだいらっしゃるんですか？」

祖母が訊いた。

「仕事は辞めちゃった人が多いですけど……。でも、住んでる人はいますよ。たしか、木地師の川上さんと取引があったんじゃ、ないですか？」

お店の人に訊かれ、祖母が首をひねる。

「川上さん？　なんとなく聞いたことがあるような……」

記憶があいまいらしい。

「だれか探している人がいるんですか？」

「あ、いえ、そういうわけでは……」

祖母が口ごもる。その横顔を見たとき、あの赤いかんざしのことを思い出した。あのかんざし、裏に「修」という文字が彫ってあった。

もしかして、祖母はあのかんざしを作った人を探しているんじゃ……？

「すいませんねえ。わたしもまだ子どもだったし、都竹さんと付き合いがあったところって言って、ぱっと思い出せるのは川上さんくらいです。でも、川上さんを訪ねたら、なにかわかるかもしれませんよ」

お店の人に川上さんの家のある場所を訊いた。江名子川沿いにあるらしい。

「川上さんのとこもずいぶん前に廃業しちゃったんですけどね。でも、おじいさんはまだ元気みたいです。こちらからも電話しておきますよ」

「ありがとうございます。じゃあ、訪ねてみます」

お礼を言って店を出た。

4

スマホを見るともうお昼を過ぎていた。いまは日差しも強いし、どこかでゆっくりお昼を食べて、屋内施設の屋台会館を少し見学、日差しが弱まってから川上さんの家を探そう、と話した。

だが祖母は、川上さんやむかしの家のことがどうしても気になるらしい。ちょっとのぞくだけ、と言って、歩きはじめてしまった。

江名子川は細い川だ。道に比べて低い位置を流れている。切り立った岸は石で護岸され、川沿いの道は整備されて遊歩道になっていた。祖母はあたりをきょろきょろ見まわし、むかしはこんなにきれいじゃなかったけどね、と言った。

「道も舗装されてなかったし、橋や建物だって……。ああ、でも、道の形は似てる」

そう言いながら、川沿いの道をずんずん歩いていく。

きれいな道だな。木の橋も苔むした石垣も風情があって、朋子が見たら喜びそうだ。ポケットからスマホを出し、写真を撮る。

「なんとなくこの道は覚えてるよ。うちはたしかここを抜けたところに……」

祖母が川沿いからそれた細い道にはいっていく。わたしはスマホをしまい、あとを追った。なにか思い出したのだろうか、祖母の足がだんだん速くなる。

アスファルトの道に建物の影がくっきり映っている。暑い。カバンからハンカチを出し、額の汗をぬぐう。ペットボトルを出して水も飲んだ。

おばあちゃん、大丈夫かな。朝ホテルを出るときペットボトルの飲料を買ったけど、さっきから全然飲んでない気がする。とにかく、もう休まないと。

そう思ったとき、祖母がしゃがみこむのが見えた。

「おばあちゃん、どうしたの？」

あわてて駆け寄る。

「ごめん、急にめまいがして……」

祖母は苦しそうに答え、尻もちをつく。

「大丈夫？」

「たいしたことないと思うから。ちょっとここで休めば……」

口ではそう言うが、けっこう苦しそうだ。どうしよう、さっきまでなんでもなかったのに、なんで急に……。

熱中症？　そういえばお母さんが、子どもやお年寄りは熱中症にかかりやすい、と言っていた。身体の不調に自分で気づかず、いきなり倒れることもある、って。

——熱中症って危険なのよ。命にかかわることもあるらしいから。ホテルでも様子がおかしい場合は必ず医務室に案内してるの。

母はそう言っていた。高齢者は暑さや喉の渇きを感じにくいそうで、部屋の気温も真緒がちゃんと気を配らないとダメだよ、と注意された。でも、命にかかわる？　そういえば、熱中症で搬送された人が亡くなった、というニュースを見たことがあった。

ここで休んでたんじゃダメだ。もっと涼しいところに行かないと。おろおろしてまわりを見たが、ふつうの家ばかりで、休めそうなところなんてない。

　こういうとき、どうすればいいんだっけ。水分……そうだ、水分、とらせないと。あわてて祖母のカバンからペットボトルを出す。母に言われた通り、ただの水ではなくスポーツドリンクを買ったのだ。

「おばあちゃん、これ飲める？」

「ああ、うん。飲める」

　祖母の声は弱々しい。急いでペットボトルの蓋をひねった。自分の手がふるえているのがわかる。前に差し出すと、祖母はペットボトルを受け取り、ごくごくと飲んだ。

「どう？」

「少し、良くなった」

　声が弱々しい。ほんとに良くなったのかわからない。気をつかって、良くなった、と言ってるだけかも。変に気をつかわないで、正直に言ってくれた方がいいのに……。

　ああ、でも、そうじゃないのか、お年寄りは身体の不調を自覚しにくいから……。頭のなかがぐるぐるまわる。熱中症の症状ってなんだっけ？　たしか学校でも習った。めまい、立ちくらみ、それから吐き気や頭痛……？

「おばあちゃん、気持ち悪くない？」

「悪くないよ。ただめまいがするだけ」

「頭痛は？」

「頭痛もない。でも、立てない。立てるけど、ふらふらしそうで怖くて……」

立てないんじゃ、移動もできない。どうしよう、どうしたら……。ああ、もっとちゃんと気をつけてれば……。

お母さんに電話しよう。スマホを出し、電話をかける。出ない。仕事中なんだろう。それにつながったところでどうしようもない。金沢からここまで二時間はかかる。自分でなんとかしないと。

そうだ、救急車、呼ぼう。スマホに救急車を呼ぶボタンがあったはずだ。

「どうかしましたか？」

そのときうしろから男の人の声がした。はっとふりかえると、大学生くらいの男の人が立っていた。手にスーパーのレジ袋をさげている。

「おばあちゃんが、倒れちゃって……。熱中症かもしれない」

「それは大変だ」

男の人がおばあちゃんの額に手をあてた。

「だいぶ汗かいてるね。病院行った方がいい」

「はい、それでいま救急車呼ぼう、って……」

スマホをにぎりしめて答えた。

「うち、この近くなんだ。ほら、あそこに見える家」

男の人は二軒先の家を指す。

「いま車出すよ。病院、近くにあるんだ。救急車呼ぶより早い。ちょっと待ってて」

「え、あの……」

男の人はさっと走って、じいちゃん、大変だ、と言いながらその家の扉を開けた。すぐにおじいさんが走り出してくる。

「大丈夫か」

「あ、はい」

「ちょっと待ってな。いま孫が車出すから」

おじいさんが祖母に話しかける。

「すみません、そんなたいしたことでは……」

祖母はすまなそうに答える。

「いいからいいから」

おじいさんがそう言ったとき、家からおばあさんが駆け出してきた。

「これ、ちょっとあてて」

おばあさんが濡れたタオルを差し出す。冷たい。なかには保冷剤が包んであるらしい。急いで祖母のおでこにあてる。

「ここにもあてるね。ほんとはわきにあてられるといいんだけど」

おばあさんは祖母の首のうしろにもうひとつのタオルを押しあてた。

「ああ、気持ちいい。すみません、ご迷惑かけちゃって」

祖母が言った。

「大丈夫大丈夫、気にしないで。今日は暑いから気をつけないと」

祖母に微笑みかけたあと、おばあさんはわたしの方を見た。急に驚いたような顔になり、祖母とわたしの顔を見比べた。

「どうかしましたか？」

「あ、いえ、なんでも……ただ、お嬢さんがむかしの友だちとあまり似てるから……」

おばあさんが呆気にとられたように言った。

むかしの友だち？　わたしが？　はっとした。わたしは祖母の若いころによく似ているらしい。祖父母にも言われたし、むかしの写真を見たとき、わたし自身もそう思った。

まさか、この人、おばあちゃんのこと、知ってる？

「あの、すみません、わたしたち、東京から来たんです。でも、祖母は子どものころこのあたりに住んでて……。都竹漆器店っていうお店です」

「ええっ、ほんとに？　じゃあ、千絵ちゃん？　千絵ちゃんなの？」

おばあさんが祖母に語りかける。祖母は少し首をかしげておばあさんの顔を見た。

「鈴代だよ、加藤鈴代」

「え、すずちゃん？」

祖母が驚いたように目を見開く。

「そう。うわあ、ほんとに千絵ちゃん？　なつかしい」

おばあさんの言葉に祖母が弱々しく微笑んだ。そのとき小型自動車が横に停まった。さっきの男の人が運転している。車を降りて、祖母を抱えて後部座席に乗せてくれた。

「じゃあ、お嬢さんは千絵ちゃんとうしろに乗って。心配だからわたしもついてくよ」

鈴代さんが助手席に乗り、わたしは言われた通り後部座席に乗った。

病院には車で五分もかからずに着いた。お医者さんがすぐに見てくれて、大事はなさそうだが点滴を打っておきましょう、と言った。

「でも早く病院に来てくれてよかったですよ。お年寄りは、たいしたことない、って言いがちで。放っとくと重症化して、命にかかわることもありますから」

お医者さんが言った。

「意識もはっきりしてるし、大丈夫だと思いますよ」

そう言われて、ほっと胸をなでおろした。

「旅行中なんですけど、これからどうしたらいいでしょうか？」

「いつ帰るんですか」

「明後日です」

「じゃあ、今日はしっかり休んで。お風呂は避けた方がいいかな。明日の朝なんともなければふつうで大丈夫と思いますけど、不安ならあまり遠出しないで、ゆったりプランで。暑い時間は外を歩かない方がいいですね」

「わかりました」

祖母が点滴を受けているあいだ、待合室で待つことになった。診察室を出ると、鈴代さんたちが座っていた。

「大丈夫みたいです。ただ念のため点滴する、って」

「よかったわねえ」

鈴代さんもほっとしたような顔になった。

「ありがとうございました。さっきはどうなることかと……」

鈴代さんの前に立ち、深く頭を下げた。

「少し前までは元気だったんです。だからつい油断して……。休まなくちゃ、と思ったときに倒れてしまって」

「わかる、わたしも経験あるから。倒れたときはびっくりしたけどね。大丈夫よ。点滴すれば良くなる。とにかく、座ったら？」

鈴代さんに言われて、となりに腰掛けた。

「今回は旅行なの？　ふたりで来たの？」

鈴代さんが訊いてきた。

「はい。祖父はもう亡くなっていて。ほんとは母もいっしょに来るはずだったんですけど、仕事の都合で来られなくなっちゃったんです。高山に来たのは祖母の希望で……。もう一度高山に行きたい、って」

「そうだったの。それでふたりで？　えらいわね」

えらくない。ぶんぶんと首を横に振った。

母にあれほど健康管理のことを言われていたのに、祖母は倒れてしまった。わたしの不注意だ。全然えらくない。今回はたいしたことなかったからよかったけど、なにかあったら……。そう思うとじわっと涙が出た。

「あのあたりに来てなつかしくなったのよね。千絵さんの住んでた家はあそこからすぐのところだから。でも、いまはもうないの。別の建物に変わってしまった」

「そうなんですか」

それを知ったら祖母はがっかりするだろうか。

そのときはっと、さっき漆器店で聞いた話を思い出した。

「あの、川上さん、っていうおうち、知ってますか？」

鈴代さんに訊いた。そうだった、動転してすっかり忘れていたけど、あのときは川上さんの家を探していたんだっけ。鈴代さんはきょとんとした顔をしている。

「さっき新井漆器店というお店で聞いたんです。木地師の川上さんって方がいて、祖母の住んでた都竹漆器店とも付き合いがあった、って……」

「知ってるもなにも、それ、たぶん、うちのことだよ」

車を運転してきてくれた男の人が言った。

「え？」

「ああ、ごめん。俺は川上航《わたる》。あの家の孫なんだ。夏休みで祖父母の家に来てて……。木地師の川上、ってうちのことだよね？」

航さんが鈴代さんに訊く。

「そう、うちのこと」

鈴代さんもうなずく。

「あれ、でも、さっき、加藤鈴代、って……」

祖母と話していたときのことを思い出して訊いた。

「それは旧姓。子どものころは加藤鈴代だったの。結婚して川上になったのよ。千絵さんは夫のこと、覚えてないわよねえ、わたしたちより三つ上だったから、学校じゃ接点がなかったし。木地師の家で、都竹漆器店とも取引があったのよ」

「ほんとですか？」

目を丸くする。でも、よく考えたら、おばあちゃんが倒れたとき、新井漆器店で聞いた川上さんの家のすぐ近くまで来ていた。

「夫もずっと木地師をしてたの。十年くらい前に辞めちゃったんだけどね」

「すごい偶然だね」

航さんが言った。

「病院を出たらうちに寄ってって。夫に訊けばむかしのことも少しわかるかも」

「いいんですか？」

「もちろん。わたしも久しぶりだもの。千絵さんと少し話したいわ」

「よかった。祖母もきっと喜びます」

高山旅行に来た甲斐があった。熱中症には驚いたけど、少しほっとした。

「今日はゆっくりした方がいいものね。でも、真緒さんはそれでいい？　今日はほかにどこをまわるつもりだったの？」

鈴代さんが言った。

「大丈夫です。日下部民藝館と吉島家住宅はもう見ましたし、今日はお昼を食べて少し休んでから、祖母の記憶をたどろうと思っていたので……」

そこまで言って、急にお腹が鳴った。

「じゃあ、もしかして、まだお昼食べてないの？」

鈴代さんに訊かれ、うなずく。

「そしたら、うちで食べたらいいわ。わたしたちもこれから食べるところだったのよ」

「すみません、こんなことになっちゃって」

「いいわよ、いいわよ。千絵さんには家で休んでもらって、真緒さんはそのあいだまわりを見に行ってもいいし……。櫻山八幡宮と屋台会館は？」

鈴代さんに訊かれ、首を横に振った。

「陣屋は？」

横から航さんが訊いてきた。

「陣屋は昨日行きました。今日は昼間暑いうちに屋台会館を見たあとは祖母の家を探して、明日は日枝《ひえ》神社に行ったり、家具屋さんを見たりしようかな、って」

「家具にも興味があるんだ」

航さんがなぜか目を輝かせる。

「別に買うつもりじゃ、ないんです。でも、祖母は工芸品が好きで……。わたしも木の家具にちょっと興味があるので。でも、それは祖母の調子を見てからですね」

また外に出て具合が悪くなったら困る。明日は宿でゆっくりするのでもいいか、と思っていた。

「中村さん」

看護師さんの声がする。見ると、看護師さんに引かれて祖母が出てくるところだった。

「おばあちゃん、大丈夫？」

「うん。もうちゃんと歩ける。ごめんねえ」

祖母がにっこり笑った。

「千絵ちゃん、よかった」

鈴代さんが祖母に近づく。

「すずちゃん、ありがとうねえ。久しぶりに会ってこんな迷惑かけるなんて……」

祖母が恥ずかしそうに言った。

「いいよいいよ、それよりびっくりしたわあ、お孫さんがあのころの千絵ちゃんにあんまり似てるから。一瞬タイムスリップしたかと思った」

鈴代さんが笑った。

「そんなに似てる？」

祖母も笑う。

「いま真緒さんから聞いたの。川上の家を探してたんでしょ？　それ、うちなのよ。わたし、結婚して川上の家に入ったの」

鈴代さんの夫は元治《もとはる》さんといって、十年ほど前まで木地師だった。都竹漆器店とも取引があったことを聞いて、祖母も目を丸くしていた。

「でね、今日はもう外を歩くのは危ないし、うちに寄っていかない？　お昼もまだなんでしょう？　夫に訊けば都竹の家のことも少しはわかると思うし」

「いいの？」

「もちろんいいわよ。千絵ちゃんがいままでどうしてたのか知りたいし」

「真緒は？」

祖母がわたしを見た。

「大丈夫だよ。だって、今回はおばあちゃんのむかしのことをたどる旅だもん。川上さんとお話しするのがいちばんでしょ？」

「そうか、ありがと。じゃあ、遠慮なくお邪魔させてもらうわ」

「お昼はどう？　食べられそう？」

「ええ。実はすごくお腹空いてるの」

祖母がそう言うと、鈴代さんは、よかったよかった、と笑った。

5

車で川上さんの家に戻ると、元治さんが心配そうな顔で待っていた。鈴代さんが大事にならなかったことを説明すると、よかった、と大きく息をついた。祖母もすっかり元気になって、鈴代さんが作ってくれた冷たいうどんをするすると食べた。

それから元治さんからむかしの話を聞いた。どうやら、都竹漆器店が閉じたあと、都竹とかかわりの深かった職人たちもだんだん仕事を辞めてしまったらしい。

「年齢的に、ちょうどそういう頃合いだったんだろうなあ。漆器の売れ行きも落ちてたから、子どもに家業を継がせたがらない人も多かったしねえ」

元治さんはそう言って、麦茶をくいっと飲んだ。

「山本さんも清水さんも森下さんも、みんな廃業しちゃったんだよねえ。ほかの店と取引してたところはそのあとも少し続けていたけど……」

「そうですか。あの、古田さんとこは……？」

祖母が少しためらいながら訊いた。

「古田さんのとこは最近まで店だけやってたけど、五年くらい前かな、閉じたんだ」

「店？」

祖母が首をひねる。

「ああ、そうか、むかしは古田さんのとこは塗りしかやってなかったんだっけ。途中から店もはじめたんだ。それを長男が継いだんだけど、五年前に亡くなって、店を閉じたんだよ。新井さんとこと同じで器は作ってなかった。塗師をしてたシュウジさんが高山を出ちゃったから……」

元治さんがそう言ったとき、祖母の顔つきが変わった。

シュウジ？　もしかして、修二とか、修次と書くのではないか？　赤いかんざしに彫られた「修」の字が目の裏に浮かぶ。

「シュウジさん、高山を出たんですか？」

祖母が訊いた。

「ああ、いい腕だったんだけどなあ。店の今後のことでお兄さんと考えが合わなかったのかもしれない。お兄さんは店一本にしたかったみたいだからね」

「そうだったんですか……」

祖母は少しがっかりしたみたいだ。やっぱり祖母はその人を探してるんだと思った。

「そうか。千絵ちゃんは、子どものころ、シュウジさんと仲良かったもんねえ」

鈴代さんが言った。

「シュウジさん、小さくて無口だったから、よくほかの男の子たちにからかわれたりして、千絵ちゃんが守ってたのよねえ」

「おばあちゃんが？」

「そう。小学生のころの千絵ちゃん、強くてかっこよかったんだよ。はきはきしてて、勉強もできて、学級委員をやっててねえ。みんな憧れてたんだから」

「すずちゃんやめて、そんなこと、ないよ」

祖母が恥ずかしそうに笑った。

祖母が強くてかっこよかった……？　なんだか不思議な気がした。わたしが知っている祖母はやさしくて、やわらかい。男子と戦うなんて想像もできなかった。

「シュウジさんかあ。どっかで塗師を続けてる、って噂を聞いた気がするけど……」

ぼそっと元治さんがつぶやく。

「ほんとですか？」

祖母が訊いた。

「うん。でも、どこでだったかなあ。あとでちょっと知り合いに訊いてみるよ。知ってる人がいるはずだ」

「すみません、お願いします」

祖母はぺこっと頭を下げた。

そのあとはむかしの話になった。鈴代さんは祖母が東京に出てからどうしていたか聞きたがった。サラリーマンの夫と結婚して子どもを三人育てたこと、夫は数年前に亡くなり、いまは母とわたしと暮らしていること。母が離婚したことについては口にしなかった。

東京で金継ぎをしていること、わたしが金継ぎを手伝っていることも話した。鈴代さんは祖母が高山にいたとき、家で器の繕いを習っていたことを知っていたらしい。

「そう、真緒さんも金継ぎに興味があるの。いいわねえ。うちは木地師だから、漆のことはあんまりわからないけど……」

鈴代さんが微笑む。

「木地師ってどんなお仕事なんですか？」

「簡単に言うと、木材から器の形を作る仕事。木材から大き目の円柱を作って荒挽きして、二、三ヶ月乾燥させてから轆轤《ろくろ》で挽く」

元治さんが言った。

「俺が子どものころはじいちゃんまだ木地師だったからね、この家の作業場には木の器が山のように積まれてたんですよ。漆を塗る前の、木そのままのお椀がこんなに」

航さんが手ぶりで示す。

「まあ、うちはお椀が得意だったからね。たいていのどこの家も得意があってね。木を曲げて作るお盆が得意なとこもあれば、うちみたいに轆轤でお椀を作るとこもある」

元治さんが答える。

「道具もかっこよかったんだよなあ。轆轤とかカンナとか。ここに来ると木材の余りで遊ばせてくれて。カンナのかけ方とかも教えてもらった。だから俺、小学校のころ、鉛筆削りがダントツでうまかったんだ」

航さんの言葉に元治さんが、はっはっは、と声を出して笑った。

「航はきっと、それが高じて木工を学ぶようになったんだよね」

鈴代さんが言った。

「そうか、意識してなかったけど、それもあるかもしれないなあ」

航さんが天井を見上げる。

「木工の勉強をしてるんですか」

わたしは訊いた。

「航は東京の美大の工芸学部に通ってるんですよ」

鈴代さんが言った。

「工芸工業デザイン学科っていうんだ。木工だけじゃなくて、建築や住居、乗り物のデザインとか、いろいろ学べる。でもとくに木工に興味があるから、夏休み、ひとりでこっちに来て、高山の木工の工場の研修を受けることにしたんです」

航さんの顔を見る。少し色が黒くて、身体つきもがっしりしている。といって、スポーツをしているふうでもない。なにをしている人なんだろう、と思っていた。

工芸学部。そういう学部もあるのか。これまでは文系か理系か、とばかり考えていたけれど、それ以外の学部もあるんだな。

「飛驒は木材が豊富だから、もともと建築や家具作りも盛んだったんですね。日下部民藝館や吉島家は見たんですよね？　すごかったでしょ、あの梁」

航さんに言われ、かっこよかったです、とうなずいた。

「木の組み方だけで勝負してる。すごいよなあ、あの美学は。いまの飛騨の木の家具もその伝統を受け継いでるんですよ。全然釘を使わない。木を蒸して曲げて、人の手で磨いて、塗装して。作業見て、これだ、って思って」

航さんは楽しそうに話す。

「去年の夏、この家に泊めてもらって、短い木工のワークショップに参加したんです。今年はもう少し長く習いたい、って頼んだら、研修を受けさせてくれることになって。夏休みがはじまってすぐにこっちに来て、ここから毎日工場に通ってるんですよ。工場、遠いんです。だから通うために車の免許も取って、東京から車で来て……」

「じゃあ、さっきの車は航さんの？」

「そう、祖父はもう車運転しないから」

「今日はちょうど航が休みで家にいたの。車があって、ほんとによかった」

鈴代さんが笑った。

「助かりました」

祖母が頭を下げる。

「自分の年も考えず、無茶なことしちゃって……。すみません」

「でも、川上さんに会えてよかったよね」

「ほんとに。まさかすずちゃんに会えるなんて。びっくりだったよ」

祖母が笑った。

「今日はここでゆっくり休んでいってね。むかしのアルバムなんかも探せばあると思うわ」

鈴代さんもうれしそうだ。

「明日も元気になったら、車出しますよ。俺、この一週間は休みで、明日も別に用事ないし。『飛驒の里』まで行くとか……」

航さんが言った。「飛驒の里」というのは古民家が移築されている公園だ。面白そうだけどスケジュール的に無理かな、と思って予定に入れていなかった。

「それより、さっき千絵ちゃんたち、家具に興味がある、って言ってたじゃない？　あんたの行ってる工場に連れてってあげたら？　お店は見られるんでしょ？」

「お店はやってるよ。工場は営業してないけど、見学はできると思う」

「お店があるの？」

祖母が訊いた。

「そうなの。工場のとなりに直営店があって、けっこう広いのよ」

鈴代さんが答える。

「うちの製品しか置いてないし、町から距離があるから、行くとなると時間かかるけど」

「でも、工場が見られるんですよね？　見てみたいです」

わたしは言った。

「面白そうねえ」

祖母も興味しんしんという顔になる。

「それは明日の体調見てからだよ」

わたしがたしなめるように言うと、祖母が、わかりました、とうなずき、鈴代さんたちは、ははは、と笑った。

祖母が鈴代さんと話しているあいだ、わたしは屋台会館と櫻山八幡宮に行ってみることにした。航さんが、俺もいっしょに行くよ、と立ちあがる。

「いいんですか？」

「いいんだ、ちょうどヒマだったたし。実は、屋台会館に行ってみたかったんだ。子どものころ見たきりだったから」

「そうなんですか」

「毎年来てるし、いまさら観光用の施設なんてって思ってたけど、屋台の細工にはちょっと興味があるし」

ふたりで家を出て、櫻山八幡宮の方に歩き出した。屋台会館は櫻山八幡宮の付属施設なのだ。航さんは足が速い。昨日からずっと祖母のペースで歩いていたせいか、最初はちょっと戸惑った。

屋台会館には高山祭に出る屋台が展示されていた。高山祭は春と秋、年に二回ある。春の祭りは町の南にある日枝神社、秋の祭りは北の櫻山八幡宮が氏神となるのだそうだ。学校のある時期だから、航さんもまだ高山祭に行ったことはないらしい。

だが工芸を学んでいるだけあって、屋台の装飾についてはくわしく解説してくれた。高山祭の屋台には、木工、塗り、彫刻、金具、織り、染め、絵画、からくり人形作りなど、ありとあらゆる工芸の技術が結集されているらしい。

大きな屋台を見上げながら、航さんは、これはやっぱり一度祭りを見に来ないといけないかもしれないなあ、と言っていた。

屋台会館を出てから櫻山八幡宮を見て、川上さんの家に戻るともう夕方だった。航さんが扉を開けると、なかからにぎやかな笑い声が聞こえてきた。

鈴代さんが近くに住んでいる小学校、中学校時代の同級生を集めてくれたそうで、祖母はとても楽しそうにしていた。明日元気だったらみんなで当時通っていた学校や思い出の場所をめぐりたいと言う。

いろいろ相談して、明日の午後は祖母と別行動を取ることになった。祖母は同級生たちとのんびり高山の町をめぐり、わたしは航さんに木工の工場を案内してもらう。もちろん明日起きて祖母がなんともなければ、の話だが。

朝電話で連絡する約束をして家を出る。航さんが宿まで車で送ってくれた。

祖母はすっかり元気になって、夕食もしっかりとることができた。

「今日は大収穫だったね」

食事のあと、お茶を飲みながら祖母に言った。

「ほんとほんと。こんなふうになるなんて、思ってもみなかった。来てみるもんだねえ。みんな年はとってたけど、話すとむかしのまんまだった」

祖母はしみじみと言う。

「先生は亡くなってたし、友だちのなかにも亡くなった人はいたけどね。でももう年だもの。仕方ない」

「おばあちゃん、ずっと気になってたんだけど……」

わたしは思い切って訊いた。

「なあに？」

祖母が訊き返してくる。

「川上さんちで話に出てた、シュウジさん、って人……。前に家で見た赤いかんざし、あれ、裏に『修』って文字が彫ってあったでしょう？　シュウジさんっていう人と関係あるのかな」

祖母は少し黙っていたが、やがて、うん、とうなずいた。

「そう、あれはね、修次さんが作ってくれたものだよ。『修める』の『修』に、にすいの『次《つぎ》』で修次さん」

祖母は手のひらに文字を書く。

「幼馴染だったんだ。家が近いから小さいころからよくいっしょに過ごした。小学校のころは背が小さくてね、おまけに無口だから同級生によくからかわれてたけど、ほんとはちゃんとしゃべれるってわたしは知ってたんだよ」

祖母は修次さんとのことを話した。修次さんの家が塗師の家だったこと。店はなくて、塗り専門。お父さんもおじいさんも優秀な塗師だったこと。

お兄さんは勉強ができる人で東京の大学に進学すると言っていたが、修次さんは子どものころから職人になると決めていた。それで、小学生のころからお父さんに漆芸を学んでいたのだそうだ。

祖母は修次さんの作業を見たくて、何度も修次さんの家についていった。でも家が厳しくて、作業場にはなかなかあげてもらえなかった。

「だけどね、わたしが東京に出る少し前、一度だけあげてもらったことがあるんだよ。ちょうどお父さんが留守でね。今日なら少しだけ見せてやる、って」

「それで？」

「見せてもらった。緊張したね、あのときは」

祖母は大きく息をついた。

「漆を塗る作業はね、家でも少しは見たことがあったんだ。だけど、自分と同い年の友だちが塗るところを見るのははじめてだったし……」

祖母は少し目を伏せる。

「漆を塗るのって、すごく繊細な作業なんだよ。春慶のあのつるつるの表面、模様はないけど、あのなめらかさが持ち味だから、凸凹なく塗らなくちゃならない。ごまかしは利かないんだ。埃ひとつはいってもいけない。とくに上塗りはね」

「そうか。そうだよね」

「修次さんも、上塗りはなかなかさせてもらえなかったって。何度も何度も怒られて、ようやく少しずつ上塗りをまかされるようになった、って言ってた」

きっと厳しい世界だったんだろう。あんなふうになめらかに塗れるようになるには相当な熟練が必要なんだろう。

「行っていいのかな、修次さんが怒られたら、って思って、ちょっとためらったけど、東京に行っちゃったら二度と見られないだろう？　だから思い切ってあがらせてもらった。修次さんはすごく真剣な顔で……。こっちも、埃が立つかも、修次さんの緊張が切れちゃうかも、って身動きひとつできなかった」

祖母は思い出すように目を閉じた。

「でも、見せてもらってよかった、って思った。修次さんが漆を塗っているあいだ、自分も心のなかでいっしょに塗ってた。なんていうのかな、それで気持ちに整理がついた、っていうか……」

祖母が目を開き、天井を仰ぐ。そういえば、おばあちゃん、ほんとは漆を塗りたかった、って言ってたな。むかしは塗師の仕事に憧れていたけど、さわらせてもらえなかった。それでおばあちゃんのおばあちゃんから金継ぎを習ったんだ、って……。

「おばあちゃん、塗師になりたかった、って言ってたよね」

「そう。なりたかった。でもね、わたしはたぶん漆に呼ばれてはいなかったんだ。修次さんを見ていて、そう思った。自分のすべてを捧げないと塗師にはなれない。あのとき、それがよくわかったんだよねえ」

祖母の言葉が胸に響いた。

「むかし戦争があったことは知ってるよね」

ややあって、祖母がゆっくり言った。

「うん」

「わたしはそのころ子どもだった。家族と離れて、わたしだけ高山の家に預けられていたんだよ。戦争でね、金属はすべて国におさめなければならなくなった。高山は空襲はまぬがれたけど、戦争に行って亡くなった人もたくさんいたし、町もすっかり荒れてしまった」

祖母から戦争の話を聞くのははじめてだった。祖父からも聞いたことがない。学校で習っただけで、戦争を体験した人の話を直接聞いたことがなかった。

「世界からきれいなものがみんな消えちゃったような気がしていたんだよ。お寺の鐘も、きれいな飾りもみんななくなって、着るものも食べるものもなくて、ずっとこんな世の中だったら死んじゃった方がいい、って思ったこともあった」

死んじゃった方がいい。おだやかなおばあちゃんがそんなことを思っていたなんて。しかも子どもなのに。胸がぎゅうっとしめつけられた。

「だから、戦争が終わって、少しずつ町がもとに戻っていくのがうれしかった。漆はわたしの希望だった。漆のうつくしい艶を見るたびに、こうやって世界が少しずつきれいになっていくんだ、ってうれしくなった。だからわたしも塗師になりたいと思った」

自分のまわりの世界が全部壊れてしまうようなことを、わたしは経験したことがない。だからそのときの祖母の気持ちがわかるとは言えない。だけど、なぜ塗師になりたかったのかはなんとなくわかる気がした。

「でも祖父は、女にはほかにやらなければならないことがある、って言った。子どもを産んで、育てること。塗師も子育ても大変な仕事だ。両立はできない、って」

祖母がじっとわたしを見る。

「女の仕事は子どもを産んで育てること。いまそんなこと言ったら、きっと怒られるだろうね。けど、あのときはその通りだと思った。復興も人がいなければはじまらない。子どもを産むのは女にしかできない。だから職人になる道はあきらめたんだよ」

「そうだったんだ」

「でも、祖母が金継ぎを教えてくれた。そのころはものが少なかったから、器を直したい人はたくさんいたんだ。いまは金継ぎを贅沢っていうけど、そのころは繕って使うしかなかった。割れた器を直せば人の役に立つ。それがうれしかったんだよねえ」

金継ぎをするときの祖母の真剣な目を思い出し、胸がいっぱいになった。

「じゃあ、あのかんざしは？　修次さんがくれたものなの？」

「そう。わたしが東京に出る日にくれた。自分が下地から全部塗ったものだって。仕事の合間に塗ってくれてたんだよ。修次さんのとこは重箱が専門で、かんざしなんて塗ったことない。修次さんが特別にかんざしの木地を買って、作ってくれたんだ」

祖母が自分のカバンから袱紗《ふくさ》を取り出す。なかにはあのかんざしがはいっていた。

「見習いだったころの作だからね、ほんとは少し凸凹がある。けど、きれいだろう？　ていねいに塗ってある」

祖母が座卓の上にかんざしを出す。

「お礼だ、って言ってた。小さいころ、守ってくれたからって」

そう言って、つやつやしたかんざしをそっとなでた。

「東京に出てからも、ずっと大事にしてたんだよねえ。やなことがあったときもこのかんざしを見て、やっぱり世界はきれいだ、って思って」

祖母はかんざしを手に取り、微笑んだ。

「東京の暮らしは便利だし、結婚して子どもを産んで、実りのある人生だったと思ってるけど、ときどき思うんだよ。あのとき、修次さんの作業を見ていたあのとき、あの場所になにか大切なものを置いてきたような気がする。もう一度あそこに戻れたら、って」

「東京に出てから、修次さんと連絡取らなかったの？」

「ときどき手紙を書いたけどね。でも、返事はあまり来なかった。何度か年賀状が来たくらい。途中から転居先不明で戻ってくるようになってしまって……。祖父が亡くなったとき、お葬式で帰ったけれど、修次さんの姿はなかった」

「そうか」

「今回の旅行で会えるんじゃないか、ってちょっと期待してたんだけどね。でもよそに行ってしまったんじゃ、仕方がない」

祖母は残念そうにため息をつく。

「けど、川上さん、心当たりに訊いてみる、って言ってくれてたじゃない？」

元治さんの言葉を思い出して言った。

「そうだね。でも、もう亡くなってるかもしれないし」

祖母はうつむき、しばらくして顔をあげた。

「もういいんだよ。ここに来てほんとによかった。鈴代さんたちと会えて、それだけでじゅうぶん。高山の町もどこもかしこもきれいになっていて、よかったなあ、って」

祖母の顔を見ながら、ほんとはいちばん修次さんに会いたかったんだな、とわかった。元治さんのところでなにか手がかりが見つかるといいんだけど。

祖母は食事を終えるとすぐに床についた。わたしはもう一度温泉に行き、帰ってくると祖母は眠ってしまっていた。

6

目が覚めると祖母はもう起きていた。調子も良いらしい。朝ごはんをゆっくり食べてから、川上さんの家に電話した。

航さんが鈴代さんといっしょに車で迎えに来てくれて、城山公園や日枝神社をめぐったあと、古い町並みの近くにある匠館という店に行った。一階は大小さまざまな飛驒の土産物が置かれている。

祖母は金継ぎのお客さんや君枝さん、わたしは学校の友だちへのお土産を選んだ。刺し子の小物や木版手染めのぬいぐるみにさるぼぼ。航さんの工場のお店にも小さな木工品があるらしいので、朋子へのお土産はそこで買おうと思った。

　三階にあるイタリアンレストランで食事をしてから川上さんの家へ。今日は元治さんは出かけていた。友だちと会う約束をしている鈴代さんと祖母を残し、航さんとわたしは航さんの工場に行くことになった。

　工場は高山の町から車で二、三十分かかるらしい。車に乗ってしばらくすると、あたりは畑や田んぼばかりになり、やがて山がちになった。広い道からそれ、森のなかにはいっていく。

　こんなところにあるのか。細い道を抜けると、小さな建物がいくつか見えてくる。木々に囲まれた駐車場に車を停め、そのなかの一軒にはいった。

　受付のようなところの奥に事務所があり、なかから女の人が出てきた。

「あれ、航くん、どうしたの？　今日はお休みじゃなかったの？」

「ええ、お休みなんですが、知り合いが工場を見たい、って。大丈夫でしょうか」

「知り合い、って？」

　女の人がうしろにいたわたしをちらっと見る。

「彼女？」

　にこっと笑って航さんに訊いた。

「いや、ちがいますよ。ええと、なんていうのか……。祖母の知り合いのお孫さん、かな。東京から来たんですよ」

「そうなんだあ。こんにちは」

女の人がわたしに言った。

「こんにちは」

ぺこっと頭を下げた。

「今日は溝口さんいないから、機械動かしたらダメよ」

「わかってます」

航さんがにっこり笑ってうなずく。いったん建物の外に出て、奥にある別の建物にはいった。広々した木造の建物のなかにごつい機械がいくつもならんでいる。鉄でできた古そうな機械だ。重厚で、かっこいい。

「これで作業するんですか？」

「うん、そう」

航さんがにこにこ答える。

「すごいですね。こんな大きな機械を……」

見るとテーブルの天板のような大きく分厚い板がセットされている機械もあった。

「けっこう大変だよ。木材切るものだから、危険だしね」

「そうですよね。いつの機械なんですか？　古そう……」

黒光りした鉄の機械の下をのぞく。モーターと歯車、たくさんのネジ。朋子が見たら、これはこれで驚喜しそうだ。

「いろいろあるみたいだよ。こっちの鉄のやつは昭和中期だって言ってたっけ」

昭和中期、ってことは、もう五十年くらいは経ってるってことか。

「全部現役だよ。手入れしてればちゃんと動く。こっちは板を切る機械で、こっちのは木を円柱に削る機械」

「円柱？」

「そう。テーブルや椅子の脚を作るんだよ。上から下まで同じ太さの円柱も作れるし、片方に向けてだんだん細くなってくやつも作れる」

航さんが手ぶりをつけて説明する。

「あれって、こういう機械で作るんですね。航さんも使えるんですか？」

「まだそこまでは無理。調整がむずかしくて。いま教えてもらってるとこ。さっき話した溝口さんって人が俺の先生なんだ。先生がやると簡単そうに見えるけど、自分でやろうとするとむずかしくて。全部使いこなせるようになるには何年もかかりそう」

航さんは機械をひとつひとつめぐって、用途や使い方を説明してくれた。

「大学卒業したらここに就職するんですか？」

「それはまだわからない。ここがいいな、とは思ってるけど、採用されるかわからないし。でも、このあたりには木工の工場がほかにもいくつかあるから、どこかにはいりたいと思ってる」

「すごいですね」

「すごい？　どうして？」

航さんが不思議そうにわたしを見た。

「わたしなんか、進路、全然決まらなくて。文系か理系か、そろそろ決めなくちゃいけないのに」

「真緒さんは何年生だっけ？」

「高二です」

「そうか、じゃあ、そろそろ進路決める時期だよなあ。将来したいこととかないの？」

「全然思いつかないんです。会社勤めもぴんと来ないし、かといって学校の先生とか公務員もちがうし、友だちには働きたくないだけじゃないの、って笑われるんですけど、そういうんじゃなくて……」

なにを言いたいのかわからなくなって言葉を濁す。

「祖母の金継ぎを手伝ってるときがいちばん楽しいんです。どの器にもだれかが使っていた跡があって、それを直すのはすごく手応えがある、っていうか……。ああいう仕事があったら、って思うんですけど」

「ちょっとわかるよ。俺も親父はふつうの会社員なんだけど、全然ぴんと来なかったから。それより高山のじいちゃんの仕事の方が納得がいく感じがしてた。自分がなに作ってるかわかるっていうかね。パソコン関係の仕事とかも、実体がないでしょ？　データだけで、ものとしての形がない。もちろん俺だってパソコンやスマホ、使うけどさ」

航さんがくすっと笑う。

「そうなんです。友だちに話すと、あんたは昭和の人間か、って笑われるけど」

「ははは。けど、自分がなに作ってるのかわからないって、なんか落ち着かないんだよね。ここなら、机でも椅子でも、最初から全部自分で作れる。分業になってるところもあるけど、ここからここまで自分で作った、って言えるじゃない？」

「ちょっとわかります」

「最初から木工って決めてたわけじゃないんだ。もっと漠然ともの作りに携わる仕事ができたら、って思ってただけで。こっちに遊びに来てたときたまたまここに見学に来て、なんかいいなあ、って」

「そうだったんですね」

「木の手ざわりや匂いも良かったんだよなあ。木ももともと生きものでしょう？　自分の手や身体を動かして、木っていう生きものと触れ合うのがね」

航さんが工場の中をながめる。

「陣屋や日下部民藝館は見たんだよね？　白川郷には行った？」

「いえ」

「いつか行ってみるといいよ。合掌造りって、見るとほんとに感動するから。釘を使わないであんな大きな建物を建てるんだよ。人の手だけでさ。人間ってすごいなあ、って思う。いや、まわりの自然に比べると人間の建てたものなんてやっぱりちっぽけでさ、人間なんて小さいなあ、と思うけど、それでもこれだけできるんだからすごい、って」

「見てみたいです。すごいんだろうなあ。でも、工芸の道に進むってどうやって決めたんですか？　大学選ぶ時点で迷わなかったんですか？　どうやって食べてくのか、とか、合わなかったら、とか」

「うーん、そりゃ迷ったよ。親にもいろいろ言われたし。なんていうか、つぶしがきかない選択だからね。でも、なれなかったら学校の先生でもいいかな、って。それに、なにか選ばなくちゃいけないわけでしょ？　だったらそのときやりたいことにしようって」

「けど、わたしの場合、金継ぎが楽しいって言っても、仕事にできるかわからないし。そもそも友だちに話しても、金継ぎ知ってる子の方が少ないくらいで」

「でも、おばあさんのところにはお客さん、いるんでしょう？」

「そうなんですけど……」

たしかにいまはお客さんもいる。けど、これから先どうなるんだろう。壊れたものを直して使う、なんて、古臭い考えなのかもしれない。

「じゃあ、ものを作ったり直したり、って広く捉えてみたら？　金継ぎだけじゃなくて、周辺のことも学んだ方が幅も広がるしね。漆も奥が深いから。ここでも塗装に漆を使っているんだよ。今日は人がいないから工場にははいれないんだけど」

「漆を塗装に？」

「そう。漆工みたいに何重にも上塗りするわけじゃないけど、拭き漆っていって、漆を刷《は》毛《け》で塗って木地全体に摺《す》りこんで、拭き取って、ってくりかえすんだ。食器が多いけど、家具にも使える」

「そうなんですか」

「ここではたいてい植物性のオイルで仕上げるんだけど、漆仕上げもできる。漆で仕上げるとまた質感がちがってね。すごくいい」

お店にもいくつか製品が置かれているらしい。工場を出て、さっきの受付の先の建物にはいった。家具や食器、子ども用の木のおもちゃ。あかるい店内に木目のきれいな品物がたくさんならんでいる。

やっぱり木目っていいなあ。見ているとなんだか落ち着く。木が生きてきた痕跡だからだろうか。

漆で塗装された食器もあった。つやつやした漆器とはちがうが、ふつうの食卓に馴染みそうだ。カップをふたつ買って、ひとつを朋子へのお土産にすることにした。


工場を出て、高山の町に向かった。帰りの車のなか、航さんからは工場での研修の話を聞き、わたしは祖母に習っている金継ぎの話をした。

「そういえば、工芸の世界でもいまはどんどんあたらしい取り組みが行われてるからね。漆も、紙と組み合わせるとか、ガラスと組み合わせるとか……」

航さんが言った。

「漆と紙？」

「あたらしく開発された破れにくい紙に漆を塗ってバッグにするとか。紙皿に漆を塗った軽い食器もあるらしいし」

「紙皿って、洗えるんですか」

「うん。漆を塗れば耐水性が出るからね。洗って何回も使えるらしいよ」

はじめて聞く話に心が躍った。

「蒔絵をほどこした真珠のアクセサリーの話も聞いたことがある。漆っていうと伝統工芸だと思われるかもしれないけど、あたらしいものもどんどん生まれてるんだよなあ。色漆だって、最近はペールトーンとかあざやかなものもあるらしいよ」

「そうなんですか?」

漆を塗った紙。蒔絵のほどこされた真珠。どんなものか見てみたい。漆の世界もどんどん進んでいっているんだな。大学で工芸を学べば、そういうこともわかるようになるのだろうか。

川上さんの家に戻ると、またしてもにぎやかな笑い声が響いていた。祖母はむかしの同級生たちとこのあたりをめぐってきたらしい。友だちが持ってきてくれた思い出の品を見ながら、談笑していたみたいだ。

わたしの顔を見ると、みんな、むかしの千絵さんそっくり、と驚いていた。

同級生たちが帰って、鈴代さんたちとお茶を飲んでいると、玄関が開く音がした。

「ただいま」

元治さんが帰ってきたらしい。

「よかった。千絵さん、まだいたんだ。修次さんのこと、ちょっとわかったよ」

居間にはいってきた元治さんが言った。

「ほんとに？」

鈴代さんが訊く。

「ああ、清水さんが知ってたんだ。修次さん、大子《だいご》に行ったらしい」

「大子？」

祖母が首をかしげた。

「そう。茨城県の大子。漆の産地で有名だった場所だ」

元治さんによれば、かつて岩手県の浄法寺町《じょうぼうじまち》と茨城県の大子は漆の二大産地だった。いまは国産漆自体が減って、ほとんど輸入に頼っている。それでも浄法寺町ではいまだに漆の生産が続いており、大子も一時は途絶えたものの少しずつ復活しているのだそうだ。

「都竹さんが店を閉める前みたいだよ。そのころには国産の漆がほとんど採れなくなっていてね。いまは外国産の漆からでも春慶にふさわしい漆を精製する方法が編み出されたけど、あのころは思い通りにいかなかったみたいで」

「それで大子に？」

「うん。こうなったら理想の漆を探すしかない。修次さん、そう言ってたらしい。そのころは大子にはまだ漆があったし、出稼ぎで大子に漆を採りに行く漆掻きもいたみたいだから。修次さんも取引していた漆屋の伝手《つて》で大子に行ったんだそうだ」

「高山では漆、採れないの？」

航さんが訊いた。

「むかしは漆掻きがいたんだけどね。みんな辞めてしまった」

そういえば新井漆器店にも漆掻きの写真が飾られてたな、と思い出した。

「最近は高山でも漆の森を復活させようという動きが出てきてるんだ。ただ、いまはまだ木を育ててるだけで、掻けるようになるにはもう少しかかる」

「修次さん、いまも大子にいるのかしら」

鈴代さんが訊いた。

「それはわからない。ここを出たあとは連絡もないそうで。でも、清水さんは大子で漆の栽培をしてる団体に知り合いがいるらしくてね。修次さんのことを訊いてくれた」

「それで？」

「修次さんはたしかに大子にいた。そこまではまちがいない。しかも、自分で漆を掻いてたみたいなんだ」

「え、漆掻きを？　でも修次さん、こっちにいたときは塗師だったでしょ？」

「そう。どうして漆掻きをすることになったのかはよくわからないけど、とにかくそうらしい。でも、いまもいるかはわからなかった。その人、修次さんに直接会ったことはないけど、修次さんを知ってるかもしれない人がいるって」

「ほんとですか？」

祖母の声がふるえた。

「連絡先を訊いてきた。ここに電話すればいろいろ教えてくれるみたいだ」

祖母が元治さんからメモを受け取る。

修次さんに会える？

——東京に出てからも、ずっと大事にしてたんだよねえ。やなことがあったときもこのかんざしを見て、やっぱり世界はきれいだ、って思って。

昨日の夜の祖母の言葉を思い出す。あのかんざしは祖母にとって、生きていくための光だったんだ。祖母はじっとメモを見つめている。その横顔を見ながら、もし修次さんに会えるなら会わせてあげたい、と思った。

第四章

漆の森

――修次さんはたしかに大子にいた。そこまではまちがいない。しかも、自分で漆を掻いてたみたいなんだ。

元治さんの言葉が耳について離れなかった。床について目を閉じると、何度もその声が聞こえてくる。

1

連絡先を書いたメモはカバンのなかにはいっている。あのときすずちゃんから、電話してみてね、と言われたし、夕食のとき真緒からも、明日電話してみよう、と言われた。でもすぐに、うん、と答えられなかった。

修次さん、わたしのことを覚えているだろうか。

ううん、すずちゃんやみんなが覚えていてくれたくらいだから、覚えているとは思う。でも、いきなり訪ねて行くほど親しかったのか、と言われるとよくわからなくなる。むかしがなつかしくて高山に行くのはそんなに突飛じゃないけれど、大子という知らない土地に行くとなると……。

「おばあちゃん」

真緒の声がした。

「起きてる？」

真緒が動く音がした。薄闇のなかで、横たわったままこちらに向き直るのがわかった。

「うん」

小さな声でうなずく。

「おばあちゃん、修次さんに会いたくないの？」

あいまいな答え方をしていることに気づいていたのだろう、真緒はそう訊いてきた。

「会いたくないわけじゃないんだけど……」

ぼそっと答える。

「わたし、すぐに連絡すると思ってたんだ。せっかく連絡先がわかったんだし」

真緒が身体を起こす。

「そうなんだけどね。それは修次さんが高山にいるかも、って思ってたからで……。高山はね、一度見ておきたかったから。すずちゃんたちにも会えたし、思い出の場所もめぐった。もうそれでじゅうぶんだ、って」

「けど、おばあちゃん、修次さんからもらったかんざし、大事にしてたじゃない？　修次さんに会わなかったら、やりたかったこと半分しかできてないでしょ？」

真緒は布団の上に正座して言う。

「その通りなんだけど……」

どう言ったらいいかわからず、口ごもった。

「けど、訪ねて行っても迷惑かもしれないでしょう？」

「迷惑？」

「迷惑っていうか、戸惑うかもしれない。だって、七十年も経ってるのよ。いまさらわざわざ訪ねてくるなんて向こうも思ってないだろうし。会っても話すことなんか……」

「そういう問題じゃないでしょ？」

「大子には知り合いもいない。なにもわからないし、行ったってほんとに修次さんに会えるかわからないし」

「なんで？　会えないかもしれないけど、行ってみるだけ行ってみようよ。元治さんだって、おばあちゃんのためにわざわざ調べてくれたんだよ」

真緒がため息をつくのがわかった。

「おばあちゃんが訊いたからじゃない？　なのになんで？」

答えられず目を閉じた。真緒の不満そうな顔が目に浮かぶ。

「でも、もう亡くなってるかもしれない」

ぼそっと答えた。

「たしかに……そうかもしれないけど……」

真緒の声が揺らいだ。

「怖いのかもしれない。もし大子に行って、修次さんが亡くなっていたら……」

わたしたちの年齢なら、じゅうぶんあり得ることだ。

「会いに行かずにいれば、まだどこかで生きてると思っていられる」

「けど……」

真緒はそれだけ言って少し黙った。

「そんなの、変じゃない？　たしかにいまも生きているかわからない。でも生きてるかもしれないじゃない。そしたら、会えるんだよ。でも、行かなかったら絶対に会えない。後悔しない？」

わたしは身体を起こし、真緒に向き合って正座した。

「あのね、真緒」

真緒の顔をじっと見る。

「今回高山に来られたのは真緒のおかげ。だからとても感謝してる。ありがとう」

そう言って頭を下げる。

「え、そんなの……」

真緒が首を振った。

「ここに来て少しわかった。わたしが見たかったのは、ううん、見たい、っていうより帰りたい、って言った方がいいかな。わたしが帰りたかったのは、むかしの風景だったのかもしれない。でも、もうそんなものはどこにもない。ここに来て、それがよくわかった」

そう言って、大きく息をつく。

「すずちゃんたちに会えたのはすごくよかった。わたしに時間が流れたのと同じように、すずちゃんたちにも、高山にも時間が流れてた。それでいいんだって思った。でもね。きっと、わたしが会いたかったのはむかしの修次さんなんだよ。いまの修次さんはむかしとは変わっている。それも怖いんだと思う」

「そうか」

真緒はじっと目を閉じた。

「会うのも会えないのも怖いんだね」

真緒は大きく息をした。

「そう」

わたしはうなずいた。

「わたしは……ちょっと会ってみたかった」

少しして、真緒がぽつんと言った。

「え？」

「おばあちゃんのかんざし、とてもきれいだった。あれを作った人に会ってみたかった。それに、おばあちゃんがあれをずっと大事にしてたこと、伝えたかった」

はっと息を呑む。

「昨日の夜に見たとき、これがおばあちゃんの生きる力だったんだな、って思ったから」

生きる力。

その通りだ。あのかんざしがわたしの生きる力だった。いままでずっと、どうにもならないことにぶつかるたびに、あの赤いかんざしを見て生きてきた。

わたしは修次さんに、そのお礼をしなければいけないんじゃないか。

目からぽろっと涙が出た。

「おばあちゃん、大丈夫？　わたしなにか悪いこと、言った？」

真緒が心配そうな顔でわたしの方に身をのりだす。

「ううん。ちがうよ。真緒の言ってることは正しい」

枕元の袱紗からかんざしを出す。暗いから色は見えない。でもなめらかな木肌をなでると、その赤く艶やかな色が目に浮かんだ。

「そうだよねえ。修次さんに会って、お礼を言わないとね」

かんざしをなでながらつぶやいた。

「じゃあ、行こうよ、大子。東京に帰ったら、メモのところに電話して……」

「うん」

短くうなずく。

「わたし、さっき調べたんだよ。大子への行き方。茨城県だから簡単に日帰りできるのかと思ったけど、けっこう時間がかかる。水戸までは特急があるけど、そこから先は水郡線っていう鈍行列車に乗らないといけないみたい。本数も少ないし」

真緒の声が弾んでいる。すごいなあ。生きる力に満ちている。わたしも真緒の年のころはこんなだったのだろうか。

――そしゃ、あばな。

ふいに耳の奥に修次さんの声がよみがえる。じゃあ、さよなら、という意味だ。かんざしを渡すと、それだけ言った。あのとき、もう一生会えないんだと思った。

会いに行こう。かんざしをにぎりしめ、そう決めた。

東京に帰った次の日、メモの番号に電話した。「うるしの会」という漆の生産を復活させるための協会で、事務局の女の人が出た。川上さんと清水さんの名前を出すと、修次さんの件とわかってくれたようで、すぐに話が通じた。

修次さんを知ってるかもしれない人というのは梶山さんという漆職人らしい。職人といっても、木地師とか塗師専業ではなく、自分で漆を育て、掻き、木地作り、塗り、販売まで一貫して行っているのだという。大子に店があるらしく、お盆明けならお話しできそう、と言われた。

大子まで時間がかかるし、お話を聞いても修次さんにすぐに会えるわけではない。何日か泊まらないと無理かもしれない。

――わたしも学校はじまったら泊まりがけで出かけるのがむずかしくなるから、夏休みのあいだじゃないと。

真緒にそう言われていたので、八月の後半で日程を訊いてもらい、二十日に行くと決まった。

高山旅行に続いて大子に行くことを伝えると、結子はちょっと驚いていた。大子には特別なゆかりもない。有名な観光地というわけでもない場所になぜ行くのか、不思議に思ったみたいだ。

2

結子にはかんざしのことも修次さんのことも話したことがない。いや、実はひとつ苦い思い出がある。結子が高校生くらいのとき、断りなしにわたしの簞笥の引き出しを開いてかんざしを見つけた。わたしは反射的に結子を叱りつけてしまった。

かんざしはずっと家族に隠していた。かんざしを持っていることを家族に知られたくなかった。真緒が言った通り、かんざしはわたしの生きる力だった。裏返して言えば、わたしの弱い部分が結晶したようなものだ。

辛いとき、悲しいとき、現実に打ちひしがれたとき、わたしはかんざしを見た。苦しみの象徴だ。自分が苦しみを持っていることを子どもたちに知られるのが嫌だった。母親は平静でいなければならない。悩みなど持ってはならない、と思いこんでいた。

子どもたちは母親のことを自分たちと同じように傷みを持つ存在と思わない。母親を慕うが、中身は見ていない。まったき母親であること。それはある意味安らかで、そういう存在であることに満足していた。

だから結子にそれを見られたとき、急に隠していた弱い部分をのぞかれたような気がしたのだ。あのころ夫に対して感じていた恨みやあきらめまで見られてしまったようで、必死にそれを隠そうと結子からかんざしを取り上げ、引き出しにしまった。

結子が覚えているかわからない。かんざしと言っても思い出せないかもしれない。覚えていてもいなくても、修次さんのことを説明しようとしたらかなり時間がかかる。いつかちゃんと話すべきなのだろうが、電話ですぐに話せるようなことではなかった。

それで、偶然むかしの友人に会って、漆について話しているうちに真緒もわたしも興味が出てきて、とごまかしてしまった。結子はよくわからない、と言いつつも、大子に行くことに反対はしなかった。

二十日は真緒とふたり、朝早く上野に向かい、常磐線の特急で水戸に向かった。事前に真緒が調べたところ、特急はたくさんあるが水郡線の本数が少ないので、この特急をのがすと到着が遅くなってしまうらしかった。

水戸まではむかし行ったことがあったが、水郡線に乗るのははじめてだった。乗っているのはほとんどが地元の人に見える。鈍行列車で、停まるのも小さな駅ばかり。しばらくは住宅地や畑が続いていたけれど、途中からだんだん山がちになってきた。

木々の生い茂る山に、川の流れ。でも高山に行く線とは全然ちがう。あんなふうに険しくはない。里山というのだろうか、山も低く、のどかな雰囲気だ。こんなところにも漆は生えるんだな、とぼんやり思った。

そういえば、漆工の家に育ち、いまも金継ぎをしているけれど、漆の木が生えているところはあまり見たことがなかった気がする。祖父母からあれが漆だよ、と聞いた記憶はあるが、漆掻きをしているところも見たことがなかった。

あのころは漆工の世界も完全に分業で、塗師の家は塗りだけ、木地師の家は木地作りだけ。漆は精製されたものを買っていた。

だが、今日会う梶山さんという人は、漆を育てるところから、採取、精製し、木地を作り、塗り、売るところまで全部一貫して行っているという。弟子がふたりいるという話だったが、なぜそんなやり方なのだろうか。

「おばあちゃん、もうじき着くみたいだよ」

真緒の声がした。空はぴかぴかに晴れ、下の方に入道雲がむくむくしている。朝はそれほどでもなかったが、もう十一時過ぎ。電車を降りたらきっと暑いだろう。

この前みたいにならないようにしないと。電車に乗るときに買ったペットボトルの飲料をひとくち飲む。ぎゅっと蓋を閉め、カバンにおさめた。

駅を出るとのんびりした風景が広がっていた。小さなロータリーの先に、屋根のない商店街の道がまっすぐのびている。ずっと前に閉店になったようなパチンコ店の向かいには、むかしながらの洋品店が建っている。

古い商店街なのだろう。高山のような観光地ではないから人も少なく、ぽかんとあかるく、少しものさびしい風景だった。

「こっちだと思うよ」

地図アプリを見ながら真緒が商店街の先を指さす。ふたりで道を歩き出す。お店の構えや看板に昭和の匂いがあってなつかしい気持ちになるが、閉じてしまっている店も多いようだ。

変わった装飾のついたミント色の建物の前で真緒が立ち止まる。説明板によれば昭和中期の建造物で、もとは病院だったらしい。入口の横には小さな店があり、工芸品が置かれているのが見える。ここでまちがいなさそうだ。

玄関のドアを開け、なかにはいった。女の人が出てくる。電話で話した「うるしの会」

の人らしい。玄関の横の部屋に通される。三原さんというその女性はお茶を淹れるためにいったん部屋を出た。

「きっとこれが漆なんだよね？」

部屋のなかを見てまわっていた真緒が言った。部屋の隅に木の幹が立てられている。

「そうだね。この傷が漆掻きの跡なんだ」

幹には何本も黒々した傷がついていた。幹に対して横向きの傷だ。傷は平行で等間隔、数センチから十数センチくらいまで下から順に長くなり、逆三角形を作る。その逆三角形が幹の下から上まで何度もくりかえされ、模様のようになっている。

「高山の漆器店でこれと似た古い写真、見た」

真緒がつぶやく。そういえば新井漆器店に漆掻きの古い写真が飾られていた。あれはまだ生えている木だった。山のなかで漆掻きが漆液を採取する姿が写っていた。かつては高山にも漆掻きがいたと元治さんが言っていた。

高山と大子、ずいぶん離れた場所だが、一本一本の傷の長さや深さも、下から上まで逆三角形がくりかえされるところも、あの写真とよく似ていた。

漆液は漆の木の樹液だ。採取するときは幹に傷をつけ、傷から滲み出してくる液を掻き取り、集める。そう聞いたことがあった。

木のかたわらの棚には漆掻きの道具も展示されている。木の皮を削るための削り鎌、木に傷をつけるための掻き鎌、染み出した液を掻き取るためのへら、液を溜めるための漆桶。道具のほかに漆の実も置かれていた。小さな白い実が枝に鈴なりになっている。

ドアが開き、三原さんがお盆を持って戻ってきた。部屋の真ん中のテーブルにお茶を置く。わたしたちも三原さんと向き合って座った。

三原さんの話によると「うるしの会」は民営の団体で、漆作りを再興するために植栽に取り組んでいるらしい。

むかしから漆掻きが掻く漆はすべて人が植えたものなのだそうだ。山に自生する漆もあるが、それももともとは人が植えたものが野生化したもの。人が植え、樹液が採れるようになるまで育てるのだ。

十じゅうぶんな太さに成長するには十年近くかかる。そしてひと夏で樹液を採取する。初夏から秋まで、少しずつ傷をつけ樹液を採取し、秋の終わりにチェーンソーで伐採する。そうすると春にまたひこばえが出てくる。

伐採しないと、傷んだ木は弱って朽ちてしまう。ちょうどよく育った木から漆を掻くだけではダメで、植栽から伐採までのサイクルを作らなければならない。それが漆の森を守り、育てるということなのだ。

「むかし大子は漆の収穫量が日本一だったんだそうです。質も良くて、全国の漆掻きが出稼ぎで来ていたとか」

「いまはどんな感じなんですか？」

　真緒が訊いた。

「いま日本で使われている漆のうち、国産のものはほんの数パーセント。ほぼ輸入に頼っている状態で、おもに中国産です。国内で生産量がいちばん多いのは岩手県で、全体の七割くらい。次が茨城県です。岩手県の浄法寺町では漆栽培のサイクルが保たれているんですよ。でも大子はいったんやめてしまったから、まずは森を育てるところからはじめなければならないんです」

　三原さんの話を真緒は真剣な表情で聞いている。

「いまうちの会では年間千本ずつ植栽してますけど、多すぎてもダメなんですよね。漆を掻くのも伐採するのも人の手がかかりますから。携わる人が少なかったら、まわりません。活動を継続していかなければ意味がないんです」

「漆掻きって、ひとりで何本くらいできるんですか？」

「熟練した人ならひとりひと夏四百本くらいだそうです。県で養成コースを作っていて、受講している人も数人いるようですが」

「国産の漆は輸入物とちがうんですか？」

「職人さんはみなそうおっしゃいます。もとは同じ種類のはずですし、理由はよくわからないのですが……。でも、たしかに匂いはちがいますね」

「匂い？」

真緒が首をかしげる。

「木の性質がちがうんでしょうか。日本の漆は甘い、いい匂いがするんです。それは職人でないわたしでもわかります」

漆の匂い。あまり考えたことがなかったけれど、むかし高山の家には不思議な匂いがしていた気がする。

「国産の漆はいまはふつうには手にはいりません。大子だけでなく、漆栽培を再興させようという動きはあちこちにあるそうで、国産の漆がもっと増えるといいんですけど」

そういえば、川上さんもそんなことを言っていた。

「漆の艶はほんとうに素晴らしいですよね。漆器とはちがいますが、このテーブルも漆で拭き仕上げをしたものなんです」

三原さんが言った。

「漆で塗装したんですか」

真緒はゆっくりテーブルの表面をなでた。漆器のように塗り重ねた艶とはちがうし、ほかと見分けられるわけではないが、自然な深みがあるように思えた。

「それで、古田修次さんという方をお探しなんですよね」

三原さんが言った。

「はい、そうなんです。高山からこちらにやってきたはずで……」

「わたしも直接会ったことはないですし、高山から来た方なのかはわかりません。でも、むかし古田修次さんという方がこのあたりにいらして、漆掻きをしていた、というのはまちがいありません」

「梶山さんという方が知っている、って……」

「ええ。でも、梶山さんご自身も古田さんを直接知っているわけではないようです。梶山さんの師匠にあたる谷口さんという漆掻きの方が古田さんと付き合いがあったと。谷口さんは漆掻きは引退されたんですが、お元気だそうです」

三原さんの言葉に、真緒と顔を見合わせた。

「まずは梶山さんに連絡しておきましたから。この近くに梶山さんのお店があります。今日はそちらにいらっしゃるそうなので、訪ねてみてください」

三原さんから梶山さんの店の地図を受け取る。ここからそう遠くないみたいだ。三原さんにお礼を言って、事務所を出た。

3

商店街をまっすぐ歩く。途中、しゃものお店があったので、お昼を食べるために寄った。真緒もわたしも親子丼を頼む。少し時間がかかったが、出てきた親子丼はとてもおいしかった。

商店街が尽きた先には川があり、その向こうは青々と茂る山だ。日差しが強く、蝉の声がした。川に出る手前で左に曲がると、少し先に立派な日本家屋が見えてくる。なんだろう、と思って近づくと、そこが梶山さんの店だった。

「立派な店だねえ」

真緒が驚いたように建物を見上げる。街道沿いの店蔵のような造りだ。

「ずいぶん古い建物だよね。電話で三原さんに訊いたときは、お店をはじめたのは十年くらい前って話だったけど」

不思議に思いながらのれんをくぐる。

広々して雰囲気のある店だった。品物はさほど多くない。壁際と部屋の真ん中に大きな棚が設けられ、器がゆったりと飾られている。隅にはさっきの「うるしの会」と同じように、掻き傷のついた漆の木が立てられていた。

器は轆轤の鉋目《かんなめ》を残したものが多かった。あたたかみがあり、しっかり手をかけて作られたものとよくわかる。いまの人の感覚にも馴染みやすい気がした。つるっとした漆器はあらたまった席でないと合わないが、これならふだんの食卓にも合うだろう。

店の奥から男の人が出てくる。結子と同じくらいの年だろうか。

「すみません、『うるしの会』の方から聞いて来たんですが、梶山さんはいらっしゃいますか」

真緒が男の人に訊く。

「僕が梶山です。中村さんですか？」

「はい、そうです。こちらが祖母です」

真緒に言われ、頭を下げる。

「どうも、今日は遠くから大変でしたね。三原さんから聞きました。古田修次さんのことをお聞きになりたい、とか」

「はい。同郷なのです。わたしは十五で東京に出てしまって、以来ずっと会っていなかったんですが、先日高山に行って、修次さんがこちらに越したと聞いて……」

「そうでしたか。僕も直接知っているわけではなくて、話を聞いた程度なのですが。まあ、おかけください」

梶山さんが店のなかほどにあるテーブルを指す。真緒といっしょに座ると、梶山さんが店の奥からグラスにいれた冷たいお茶を持ってきてくれた。

梶山さんの話によると、梶山さんがここに来たのは二十五年ほど前。大学で漆芸を学んだあと、木工関係の技術指導のためにやってきたのだそうだ。

当時は自分の制作のために地元の漆掻きから漆を譲ってもらっていた。その漆掻きというのが谷口さんで、このあたりの漆掻きの現状を話していたとき、修次さんの名前が出たらしい。

「それで、修次さんはいま……」

そう訊くと、梶山さんは目を伏せた。

「それが……。残念ながら、もう亡くなっているそうです」

しずかな店内に梶山さんの言葉が低く響いた。

「亡くなった……？」

となりで真緒が息を呑むのがわかる。

亡くなった……。膝の上で握ったこぶしがぶるぶるとふるえる。修次さん、もういないのか。もう一度会えるかも、と思ったのに。唇を噛み、目を閉じた。

「すみません、谷口さんとなかなか連絡が取れなくて。携帯電話を持たない方なんですよ。しばらくどこかに出かけていたようで、昨晩ようやく連絡がついて、修次さんが亡くなっていることを聞きました。『うるしの会』も閉まっている時間でしたし、朝『うるしの会』が開く時間に電話しても、もう東京を出てしまっているだろうし、それなら直接お伝えした方が良いかと……。わざわざお越しいただいたのに、申し訳ないです」

梶山さんが頭を下げる。

「いいえ、梶山さんのせいでは……」

首を横に振った。

「五年前だそうです。少し前からご病気だったそうで……」

梶山さんが言った。五年。あと五年早くここに来ていれば、修次さんに会えたのか。

「おばあちゃん、大丈夫？」

真緒が横からそっとささやく。

「いえ、もう年が年ですから。亡くなっているかもしれない、とは思ってました」

顔をあげて梶山さんを見た。

「僕はもともとこの土地の人間じゃないんです。いまはもう数えるほどになってしまいましたが、ここに来た当時はまだ漆掻きがもっといたんですよ。僕は谷口安正さんという漆掻きから漆を分けてもらっていました。安正さんのお父さんの孝明さんも漆掻きで、修次さんは孝明さんの弟子だったそうです」

　梶山さんがゆっくりと話し出す。

「孝明さんは……」

「十五年前に亡くなりました。僕が会ったころはもう高齢で、漆掻きは引退していた。前にもあんたみたいによそから来た塗師に漆掻きを教えたことがある、って言ってました。それが古田修次さんというお名前で……。飛騨春慶の塗師だったとおっしゃってましたし、同じ人だと思います。無口で、あまりほかの人と交流しない人だった、と」

無口でほかの人と交流しない。まちがいない。修次さんだ、と思った。

「修次さんの器、僕もこの目で見たことはないんです。でも素晴らしい出来だという話で。だから印象に残ってました」

　梶山さんはそう言うとお茶を一口飲んだ。

「一般には売っていなかったんですか？」

　真緒が訊いた。

「ええ。全国に常連のお客さんがいて、直売しかしていない、という噂でした。たぶん高級料亭や旅館のようなところなんだと思います。お店で使う器は数が必要ですし、定期的に補充も必要でしょうから」

そういえば都竹漆器店でも、旅館や飲食店からまとまった数の注文を受けていた気がする。

「亡くなったときも、修次さんご本人の希望でお葬式もしなかったみたいです。ほかにはあまり付き合いもなかったみたいで。それで、修次さんと約束があったらしく、安正さん、漆の森を相続されたらしいんです」

「漆の森……？」

真緒が首をかしげる。

「漆掻きの作業をするのに木がひとところに集まっている方が効率がいいんですよ。その方が、作業中の移動が少なくて楽なんです。僕はみんなに漆のことを知ってもらいたいから、人目につくところ数ヶ所に分けて植えてるんですが」

「そうなんですね」

「修次さんは町から離れた山林に土地を買って、そこで漆を育てていたようです。安正さん、修次さんのことを訊いたら、知ってることはあまりないけど、漆の森の場所なら教えます、とおっしゃってました」

「ほんとですか？」

思わず身をのりだした。

「漆掻きは引退していたけれど、森の手入れだけはしていらしたそうで」

修次さんの漆の森……。

「見てみたいです。それに、谷口さんのお話が聞けたら……」

「そうですか。今日はこちらにお泊まりですか」

梶山さんが訊いてくる。

「はい」

「それでしたら、これから谷口さんに電話してみますよ。今日はもう森を見るのはむずかしいでしょうが、明日なら大丈夫と思います」

「ありがとうございます。お願いします」

「少し待っていてください」

梶山さんはそう言ってカウンターのなかにはいった。

「修次さん、亡くなってたんだね」

真緒が小声で言った。

「うん。けど、そういうこともあるだろう、って思ってたから」

覚悟していたつもりだったが、もう会えないんだ、と思うと、やはりさびしさが襲ってくる。会いたかった、というだけじゃない。会ってお礼を言いたかったし、ここまで頑張って生きてきたことを確認し合いたかった。

「谷口さんと連絡がつきました。案内するから、明日来てください、って」

梶山さんが戻ってきて言った。

「ありがとうございます。ほんとに助かりました。それで、谷口さんの家はどちらでしょうか。どうやって行けば……」

「いいえ、僕が車でご案内しますよ」

「いいんですか？」

「ええ。谷口さんから、僕にも会って相談したいことがある、って言われてまして……。明日は午前中に漆掻きの作業を終わらせ、夕方谷口さんの家に行こうと思います」

「あの……。明日も漆掻きをされるんですか」

真緒が言った。

「ええ。この時期は毎日」

梶山さんがうなずく。

「もしできたら、漆掻きの作業を見せてもらえないでしょうか」

「漆搔きを？」

梶山さんが驚いたような顔になる。

「それはかまいませんが、おかまいはできないですよ。外で座るところもないし、大丈夫ですか？」

「そうですね、祖母は……」

真緒が迷ってわたしを見る。

「いえ、わたしも見たいです。短時間でいいので……。ご迷惑と思いますが、どういう作業なのか、知りたいのです」

わたしは言った。

「涼しいうちに作業したいので、朝は早いですよ。五時にはここを出ます」

「大丈夫です」

真緒がうなずく。

「そしたら、こういうのはどうですか？　朝五時にいっしょに畑に出て、暑くなる前、八時ごろにいったんおふたりをここまでお送りします。わたしはまた畑に行きますが、おふたりは宿で休んでいただいて、午後三時にふたたびここに集合する」

「そんな……いいんですか。行ったり来たりでご迷惑では……」

「大丈夫です。明日はわりとここから近い畑ですし、場所がいくつかに分かれているから、どっちみち途中で車で移動しなくちゃいけない。その途中、ここに寄りますよ」

今晩は久慈川《くじがわ》沿いの公共の宿を取っている。そのことを話すと、朝五時少し前に宿の前まで迎えに行きます、と言われた。何度もお礼を言って、梶山さんのお店を出た。

4

明日の朝が早いので、食料を買っておくことになった。橋を渡った先のコンビニでおにぎりやパンを買った。それから川沿いの道を歩き、宿に向かった。右手は小山、左手には川がきらきら光っている。

世界はうつくしい、と思った。わたしがこの世界とさよならする日もそう遠くないとわかっているのに、こうして川を見ているとなんだか信じられない。川はずっと流れていて、わたしもずっとこの世界にいる、そんな気がしてくる。

だけど、ちがうのだ。人はみんないつかこの世から去る。修次さんももう向こうに行ってしまった。この土地に暮らして、修次さんもこの川を見ていたのだろうか。この川を見ながら、高山の宮川を思い出したりしただろうか。

「おばあちゃん、ごめんね」

真緒の声がした。見ると、真緒は少しうつむきながら歩いていた。

「なんで？」

「修次さんのこと。会えるかも、って思ってたのに……」

そこまで言って口ごもる。わたしを心配してくれているのだろう。

「なんで真緒が謝るの？」

ゆっくりと答えた。

「だって、わたしが行こうって誘ったから……。おばあちゃん、修次さんに会えないのが怖い、って言ってたのに……」

真緒は立ち止まり、しくしく泣き出した。

「いいんだよ、あのときも言ったけど、もうこの年だもの。そういうことがあっても、真緒が考えるほど驚きはしないよ」

「でも……」

真緒が顔をあげる。

「だんだん死がおとなりさんになってきたからねえ」

冗談めかして言うと、真緒は少し笑った。

「それより、真緒に感謝してるよ。来てよかったと思ってる。修次さんと会うのも会えないのも怖い、って言ったけど、臆病だったよねえ。会えなかったけど、どうやって生きていたかはわかった。わからないでいるより、ずっといいよ」

空を仰ぎ、少し笑った。笑うのはいいことだ。そう言えばむかし祖母が言っていた。辛いときでも、笑うと気持ちが前を向く。そうだね、と心のなかでうなずく。笑えば縮こまった心に風が通る。

「修次さん、漆器を作り続けていたんだね。自分の道を通して生きていたんだ。それがわかって、うれしかった」

「そうか」

真緒がほっとしたようにうなずく。

「ほかの生きものの命を奪って、自分たちの生を得る。その上、うつくしいものを作ろうとする。それは欲なんだろうけどね」

「欲……」

「むかしは強い人、えらい人、富を持っている人しか、漆の器なんて持てなかったでしょう。工芸品だって襖絵《ふすまえ》だって掛け軸だって見ることができるのはひとにぎりの人だけ。だから美術館に展示されている器を見ると少し怖くなる。いろんなものや人の命を吸いあげて作ったものなんだ、って」

「けど、やっぱりきれいだよね」

真緒に言われ、うなずいた。その器の背後にある殺し合いや奪い合いを怖いと思いながら、それを守り、残してきた人たちに感謝したくなる。こんなにうつくしいものを作り、受け継いできたことを素晴らしいと思う。

修次さんもうつくしいものを作るために生きた。そのために犠牲にしたものだってたくさんあっただろう。だから修次さんのことをちゃんと知っておかなければ、と思った。あのかんざしをもらったのだから。知らないまま死ぬのは無責任だ。

「あ、あそこだね」

真緒が大きな建物を指す。あれが今日の宿。思っていたより大きな建物だ。真緒が歩き出す。横断歩道を渡るとすぐに宿に着いた。

少し休んだあと温泉にはいり、夕食も早めにとった。一泊しか取っていなかったが、明日のことを考えるともう一泊するしかない。フロントに訊くと空きがあると言われたので、延泊をお願いすることにした。

次の日は四時に起きた。身支度をして、買っておいたおにぎりを食べ、宿を出る。日の出前で、まだ外は薄暗い。空気もひんやりしていた。

宿の前に大きなバンが停まっている。梶山さんが車のそばに立っていた。梶山さんと目が合い、真緒と早足で車に近づく。

「おはようございます。今日はよろしくお願いします」

真緒は深々とお辞儀した。

「無理を言ってすみません。よろしくお願いします」

わたしも合わせて言った。

「こちらこそよろしくお願いします。そうそう、紹介します。こちらは弟子の久野《くの》さん。今日は彼女もいっしょに漆を掻きます。もうひとり、香山くんという弟子がいるんですが、今日は自分の車でほかの畑に行ってます」

梶山さんがとなりにいた女性を指す。まだ若く、小柄な女性だ。

「よろしくお願いします」

久野さんがぺこりと頭を下げる。

「こんな若い女性が……」

驚いて、彼女の顔をまじまじと見た。女性、しかも、二十代半ばくらいにしか見えない。この人が漆を掻く？　耳を疑った。

「久野さんは三年前に美大を出て、会社勤めをしたあとここに来たんですよ。漆掻きも二年目で、なかなかのみこみが早いんですよ」

梶山さんの言葉に彼女は照れたようにうつむいた。

「さあ、畑に行きましょう。車に乗ってください」

梶山さんが言うと、久野さんが後部座席のドアを開けてくれた。真緒が車に乗りこみ、わたしもあとに続いた。

車で走るうち、空があかるくなってくる。やがて日がのぼり、空がピンクに色づいた。

「いまは日光東照宮の大修理が行われているんですよ。二〇〇七年からそこで国産漆を使うようになったので、いま採れた国産漆はほとんどそちらにまわっています」

運転しながら梶山さんが言った。梶山さんによると、昭和に行われた前回の修理では、国産の漆が減少していたため、中国産の漆が使われたらしい。だが、今回はすべて国産漆を使うことに決まったのだそうだ。

修理では漆を十数回重ね塗りする。塗って、乾かして、磨く。労力も、かかる時間も相当なものだ。

「大修理で使われている漆は浄法寺のものですが、文化庁が神社仏閣の修復に国産漆を使うのを支援することになったので、各地で漆を育てようという動きも出てきてます。このあたりでも大子だけでなく常陸大宮でも漆栽培がはじまってますし」

「そうなんですね」

「でも、漆が採れるまでには木を植えてから十年かかります。それも、まとまった本数を育てなくちゃいけない。栽培から伐採まで一貫してきちんと管理していかないといけないですし」

「時間がかかることなんですね」

「時間も人手もかかる。僕たちはずっと未来のために森を育てているんです」

未来のため。その言葉が夜明けの日の光のように思えた。

車が山の麓の細い道にはいっていく。道が少し広がったところに車を停めた。

「ここからは歩きです。それほど遠くはないので、安心してください」

梶山さんに言われ、車を降りた。梶山さんたちは車から道具を下ろす。鎌やへら、木のバケツのような道具を腰からぶら下げる。

「これはタカッポって言って、採った樹液を溜めるためのものです」

梶山さんはバケツのようなものを指して言った。「うるしの会」の道具の棚にも似たものが飾られていた。細長く、胴の真ん中あたりに腰紐のようなものが結びつけられている。もとは木の色だったのだろうが、漆のせいだろう、黒々としていた。

梶山さんたちのあとについて、木々の合間の細い道を一列になって歩いた。山の木々や土の匂いがして、あちこちから鳥の声も聞こえる。梢の上の青い空に低い雲が流れていく。高山の山あいの道を思い出し、流れていった月日のことを思った。

年をとると時間の流れが速くなる、とよく聞く。速くなったのかはわからない。だが、人生全体の時間がこれくらいという感覚はつかめるようになった。

若いころは目の前に広がる未来が大きすぎて、どれくらいの広さなのか、どのくらいの長さなのか、さっぱりわからなかった。だがいま、わたしはそのほとんどを歩んでしまった。残りは少ない。これまでと比べたら、小さく、短い。

だけどちがうのかもしれない。さっきの梶山さんの話を思い出しながらそう感じた。わたしが死んだあとにも未来はあるし、わたしはいまもその未来につながっている。未来のためになにかすることができる。

知っている人が亡くなるたびに、自分がだんだん世界から追い出されていくように感じていたが、自分からつながるものがちゃんと世界に残っていくのだ。

前を行く真緒のうしろ姿をじっと見つめる。小さかったころの真緒の姿が頭をよぎり、結子の姿と重なった。わたしが歩き、結子が歩き、真緒が歩く。森を育てるというのはきっとそういうことだろう。

やがて低い木がならぶ場所に出て、梶山さんたちが止まった。低い木々には「うるしの会」や梶山さんの店で見たのと同じ、黒い傷がついていた。

「これが漆……」

わたしは木に近づいた。店に置かれていたのとちがって、これは生きた木だ。しかも何本も何本も、同じように傷のついた木がならぶ。その光景に圧倒された。

「そうです。朝のうちにこのあたり一帯の漆を掻きます」

梶山さんが言うと、久野さんは無言で端の方に歩き出す。

「中村さんは僕の方についてきてください」

梶山さんに言われ、あとについて反対側の端の木に向かった。

「かぶれることもありますからね。さわらないようにしてください」

そう言うと、梶山さんは腰から掻き鎌を取り、手ににぎった。

木を見つめ、いちばん下にならんだ傷の少し上に鎌をあて、ぎゅうっと強く一文字に皮を掻く。傷がつく。木の真っ白な肌が現れる。

胸がぎゅっとなる。梶山さんが感じているだろう手応えが、手のひらに伝わってくるような気がした。傷をつけるとはこういうことか。木の身体に傷をつけ、木は血のように樹液を流す。

梶山さんはさらにその上の傷の塊のすぐ上に鎌をあて、また一文字に傷をつけた。そしてまたその上の塊のすぐ上に一本。

「ああ、なんか出てきた」

真緒がいちばん下につけた傷を見ながら言った。

あかるい乳白色の液体が傷から滲んでいる。じんわり染み出し、傷を満たして端から垂れる。とろっとはしているが、べとべとした感じではない。クリーム色がかって、人の乳にも似ていた。

「黒くないんですね」

真緒が言った。白っぽいと話には聞いていたが、わたしたちの知っている漆は黒いし、下の傷も真っ黒になっているから、出てくる液体が白いのは少し意外だった。

「そう。最初は白いんです。少し経つと黒くなる」

梶山さんはそう言いながら、いちばん下の傷にへらをあて、すうっと一文字をなぞった。白い液体を掻き取り、左手に持ったタカッポに落とす。

「この傷もじき黒くなります」

一段上の傷に染み出した液も同じように掻き取り、タカッポに溜めた。

木に傷をつけると最初は透明な水のようなものが出てくる。これは生水といい、使えないので採らない。その後しばらくして乳白色の液が出てくる。これが漆液だ。滲み出してきた漆をへらで掻き取る。

梶山さんの説明によると、この傷は下から順につけていくらしい。いちばん下の短い線がその年最初につける傷。それから四日ごとに、前の傷の二センチくらい上に少し長い傷を入れる。

一本一本の掻き傷は下の方は数センチ、上に行くほど長くなる。いちばん上で三十センチを越えるくらいだろうか。平行に、等間隔に傷をつけていく。木の様子や状態を見て傷のつけ方を変えることもあるらしい。

一本の木にこの逆三角形を数段ならべる。木は生きものだ。大きな傷をつければ傷んでしまう。連日傷をつけるのも良くない。過度の負担を与えれば木が傷み、樹液が採れなくなる。だから間隔を開け、四日おきに傷をつけていく。ただし作業は毎日行う。木をグループ分けして、順番にめぐっていく。

夏のあいだに、一本の木から採れるかぎりの樹液を採る。せっかくの命をいただくのだから、無駄にはしない。そのための知恵なのだろう。

「下から七本目くらいまでを『初辺《はつへん》』っていいます。六月ごろから掻きはじめて、梅雨の間くらいですね。一本目、二本目は木へのあいさつみたいなもので、樹液は採らない。全体に初辺は水分が多くて、塗るにはあまり適してないんです」

漆の傷を指しながら梶山さんが言った。

「初辺のあと、八本目から十八本目くらいまでを『盛辺《さかりへん》』といいます。八月いっぱいくらいまでで、いちばん良い漆が採れる時期ですね。いまはまさに盛りです。水分が少なくてさらさらとよくのびるし、量もたくさん採れます。十九本目からあとが『遅辺《おそへん》』。秋になるとまた水分が多くなって質が落ちるので、下地用に使います。傷はひと夏で二十四本。秋になったら伐採します」

「漆の液って、どれくらい採れるんですか？」

真緒が訊いた。

「一本の木からひと夏かかって牛乳瓶一本くらい、って言われてます」

「それだけ……」

真緒がつぶやく。牛乳瓶一本。たったそれだけ。

「ええ。秋に伐採する方法を『殺し搔き』っていうんです。江戸時代には木を育てながら、数年に一度漆を採取する『養生搔き』という手法が使われていたんですが、明治になってから越前の漆搔きが全国に出稼ぎに出て、漆を多く採取するために『殺し搔き』を広めたんだそうです。日本ではこの方法が定着しましたが、いまでも『養生搔き』を行っている国もあるようです。最後に伐採するなら、最初から木を切り倒して圧搾機にかけて絞った方が手っ取り早いんじゃないか、って言う人もいるんですが、数日おきに傷をつけて少しずつ採取する方が多く採れるんですよ」

「一日に何本くらい掻くんですか？」

「うちはほかの仕事もありますから、ひとり五、六十本くらいですね。四日ごとにまわっていくので、ひとり二百本から二百五十本の木を担当している感じ。でも専業の漆掻きはひとりで六百本以上を掻いていたと聞きました」

「そんなに？」

真緒が目を丸くした。

「漆掻きの仕事は孤独なんですよ。今日はこうしておふたりに説明しながらですけど、山にはいったら弟子たちとも離れて作業しますし、まったくしゃべらない。ただ黙々と木と向き合う。だけど、こうやって採った漆だから、一滴一滴を大事にしようという気持ちにもなる」

その言葉が胸に響いた。漆の艶は、木の命から生まれている。

木に傷をつけ、漆を掻き取る。梶山さんは黙々と同じことをくりかえした。だが、なぜかまったく退屈しなかった。

鎌で木に傷をつけるときの音。突然現れる白い肌。滲み出してくる液。そのたびにどきどきする。一本一本、命と向き合っているからだろうか。

梶山さんの漆畑は町のまわりのあちこちに点在しているらしい。この場所にある漆をすべて掻くと、次の場所に移動するために車に戻った。バンのうしろに道具とタカッポを積み、水を飲む。

「大子の漆の品質は素晴らしいんですよ。気候が温暖で、土壌も漆に適している。透明度、艶、のび、どれをとっても日本一と言われてます」

梶山さんが言った。

「でも、いったん途絶えてしまってますからね。谷口さんが引退することになって、別の人に頼もうと思ったら、もう七十代後半の人がふたりしかいないってわかって」

「後継者はいなかったんですか」

真緒が訊く。

「ええ。それで、もう自分たちで掻くしかないと思って、十年前から自分で漆を掻くことにしたんです。はじめてみると、まず掻くための漆が必要だってわかった。樹液が採取できるまで、植えてから十年はかかる。漆を掻き取ったあとは伐採しないと次の木が育たない。だから結局全部やるしかない、ってことになったんですよ」

「でも、器も作られるんですよね？」

「いまは毎年春に植栽、夏は漆を掻いて、秋から冬は漆器作り、ってサイクルでやってます。漆掻きは夏しかできませんから。温度調節ができる室を使っているので、塗りの作業は一年中同じ条件でできるんです」

自分たちで漆を植え、掻き、精製し、塗る。わたしが子どもだったころとはまったくちがう。あのころはすべて分業だった。だがもっとさかのぼれば、そういうものだったのかもしれない。

「じゃあ、そろそろ行きましょうか。次の場所に行く途中で宿に寄りますね」

梶山さんが車に乗りこむ。わたしたちも後部座席に座り、車が動き出す。

「あの……」

真緒が助手席に座っている久野さんに話しかける。

「久野さんは、どうしてこの仕事をはじめたんですか？」

わたしもずっと訊きたいと思っていたが、どう切り出したらいいかわからず、黙っていたのだ。高校生の真緒ならこういう質問をしても自然に見えた。

「このあたりの出身なんですか？」

「いえ、そうじゃないんです」

久野さんがためらいながら答えた。

「大学では工業デザインを学んでいたんですが、同学年に浄法寺出身の学生がいたんです。親戚にもたくさん漆の職人さんがいたそうで。でも彼女はどうしても東京に出たかった。だから東京の大学にはいったんだそうです」

ゆっくりと言葉を選ぶように話している。

「わたしは水戸出身で、大学を出たら水戸に帰るか、そのまま東京で就職するかで迷ってました。でも具体的にはなにも思いつかなくて」

真緒は真剣な顔で久野さんの話を聞いている。

「彼女はよく、自分の故郷の漆は素晴らしいんだ、と言ってました。漆について語り出すと止まらなくなる。自分は漆を現代の生活で使えるものにしたいんだ、って。その話に惹かれて、夏休みに彼女の実家に遊びに行きました」

「そこで漆と出会ったんですね」

「ええ。塗りの作業場を見せてもらって、体験もさせてもらって、これまで味わったことのない充足感を覚えた。水戸に戻ってから、茨城県もかつては漆の産地だったとわかっていろいろ調べたんですよ。それで大子のことを知って……」

久野さんが目を閉じる。

「大学を出て一年間、大子の漆の研修を受けて、その最中に梶山さんと出会って、ここで働くようになりました。いまは大子にアパートを借りていて、休みの日は水戸に帰って、という感じです」

「そうなんですか」

真緒は思うところがあったのだろう、深くうなずいている。

「いまは女性の職人もいるんですね」

わたしが訊くと、久野さんはうなずいた。

「浄法寺にも何人かいらっしゃいましたし」

「女性の職人、僕も何人か知ってます。みな優秀ですよ」

梶山さんも言った。

「ひたむきで、単調な作業を飽きずにできる人が多い。忍耐強さが必要な仕事ですから」

「実は、わたし、幼いころ漆工の家で育ったんですよ」

思い切ってそう言った。

「そうなんですか？」

久野さんが驚いたような声をあげた。

「ええ。職人になりたいなあ、って思ったこともありました。だけど、なれなかったんです。戦争が終わったばかりで、いまのようじゃなかった。だから、あなたのような人を見ると、ちょっとうれしい」

「わたしも最初は塗師の仕事に憧れてたんです。ここでは漆の栽培も漆掻きも全部やらなくちゃならないって聞いて、最初は戸惑いました。漆掻きはほんとに大変なんです。毎日くたくたになるし、日中は頭もぼんやりしてくる。でも、だからこそ塗るときの充実感もひとしおで」

久野さんの日に焼けた横顔がまぶしかった。

「大変だと思うけど、頑張ってくださいね」

「はい。早く自分の器を作れるように頑張ります」

久野さんの声を聞きながら、彼女にはこれからがあるんだな、と思った。さびしいような、心が満たされるような、不思議な気持ちだった。

わたしたちを宿の前でおろし、梶山さんたちは次の畑に向かっていった。三時間近く山での作業を見ていたが、まだ九時半。ぎりぎり朝食を食べられる時間だった。朝出る前におにぎりは食べたけれど、お腹は空いている。そのまま食堂にはいった。

「ああいう生き方もあるんだなあ」

ごはんを食べながら真緒が言った。

「真緒は久野さんにずいぶんいろいろ聞いてたね」

「うん。わたしも学校に進路の希望を出さなくちゃいけないんだけど、なにも決められなくて。将来なにになりたいんだろう、って最近ずっと考えてたから」

「そうなの」

うなずいて、真緒の顔をちらっと見る。真緒ももうそういう時期なんだなあ。そういえば子どもたちのときもいろいろあった。上の男ふたりはいつのまにか自分で進路を決めていたけれど、結子はけっこう悩んでいたっけ。

まだ女子の大学進学率が低いころだった。結子は成績が良かったからいい高校にはいったけれど、女の子なんだから短大でもいいんじゃないの、と言う人も多かった。結子は四年制大学に行きたいと言い、そのときは夫も納得した。

だが、大学に入ってから、研究者か学芸員になりたい、そのために大学院に進学したい、と言い出したときは大変だった。夫は大学院なんかに行ったら就職も結婚もできない、学費は出さない、と主張し、結局結子があきらめたのだ。

「会社勤め、っていうのがなあ。全然ぴんと来なくて。わたしはおばあちゃんと金継ぎをしている方がずっといいんだけど」

　真緒がぼやく。

「でも、真緒が金継ぎの仕事をしたい、って言ったら、結子は反対するよねえ」

「そうだよね」

　真緒がため息をつく。

「金継ぎだけで食べていけないだろうし。いまは器を直せるってことを知らない人だって多いでしょう？　そういう時代だもの。わたしはいいけど、真緒はこれからの人だから、それで大丈夫なのか心配するでしょう」

「だけどさ、久野さんも、高山で会った航さんも、やりたいことがはっきりしてた。ああいうのがいいなあ、って」

「会社勤めだってやりたいことは見つかるでしょう？　結子だって……」

「お母さんにはホテルの仕事、合ってると思うよ。けどわたしはなあ」

　真緒は椅子の背にもたれ、天井を見上げた。

「金継ぎの作業してるときの方が、勉強してるときよりずっと集中できる。手応えがあるっていうのかな。なんのためにやってるのかわかりやすいし」

　真緒が頬杖をつく。たしかにすずちゃんの孫の航くんはいい子だった。まっすぐで、強い。久野さんもおとなしいが芯の強さを感じる。ふたりとも信じるものがあるからなんだろう。修次さんのまっすぐな目を思い出し、通じるものがあるような気がした。

「作るっていっても、朋子みたいにイラストや小説を書くのとはちがうんだ。もっと手ざわりのあること、実体のあるものを作りたい。自己表現じゃなくて、人が使うものがいい。金継ぎをするようになってそう思った」

「けどねえ。久野さんの仕事、大変だと思うよ。夏は毎日朝早くから外で漆掻きでしょう？　真緒、できる？」

じっと真緒の目を見る。ずっと東京で育って、畑仕事なんてしたこともない。そんな真緒に野良仕事がつとまるだろうか。

「そこなんだよねえ……」

真緒が笑った。

「航さんの工場にも行ったけど、すごく大きな機械を動かしてて、こんなのできるかなあ、って思った。職人になるには時間もかかるだろうし、都会の便利な生活から離れる、ってことだもんね」

「大きな決断だよね」

職業だけじゃない、生き方を変えなければならない。だけど……。

さっきの漆の畑を思い出すと、胸の奥の方がざわざわする。あそこでああやって木と向かい合う日々。

わたしにとっても、金継ぎをしている時間は特別だと思う。心が研ぎ澄まされ、深いところが燃える。自分のなかの魂が瑞々しく息づいているのを感じる。身体の真ん中に、あの時間にだけ生きている部分がある。

もちろんそれを仕事にするというのは全然別のことなんだろう。わたしは夫に守られ、安全な町のなかで子どもを育てて生きてきた。それが使命だと思っていた。引き出しにあのかんざしを隠してきたように、燃えるものを隠してきた臆病な存在だ。

だけど、金継ぎがなかったら、わたしはこんなふうに生きてこられなかった。真緒にもそんな血が流れているのだろうか。だとしたら、そういう生き方もあるのかもしれない。どうやって実現させればいいのかはわからないけれど。

食事を終えて、部屋に戻る。残しておいてもらった布団に横たわると、疲れているのがわかった。谷口さんのところに行くことを考え、じゅうぶん休んでおこうと目を閉じた。

すぐに眠ってしまったらしい。目が覚めると一時だった。

「目、覚めたんだ。よかった。いま起こそうと思ってたとこ」

わたしが身体を起こすのを見て、窓際に座っていた真緒が言う。

「体調、大丈夫？」

「うん。なんともないよ。もう一時なんだね。びっくりするほどよく寝た」

「よく寝てたよ」

真緒がくすくす笑った。

「真緒は寝なかったの？」

「わたしも寝たよ。でもちょっと前に目が覚めた。お母さんからメッセージが来て。音切ってなかったから、着信音で起きたんだ」

「結子から？」

布団から出て、真緒の近くに座る。

「うん。休憩中みたいで、電話してくれ、って。それで電話かけた。この前倒れた人、検査の結果、なんでもなかったみたい」

「そう。それはよかったね」

「それで、もともとのお母さんの休みの前日、勤務を交代してくれたらしくて、明日から二連休取れることになったんだって。せっかくだから東京に帰ろうか、って」

「でも、明日からでしょ？　わたしたち、まだこっちにいるけど……」

「うん。そのことも話した。そしたら大子に来る、って」

「ええっ？」

驚いて声をあげた。

「だってここ、東京からだってけっこう時間かかるよ。大丈夫なの？」

「うん。今日は早番だから、夜のうちに東京に戻って、明日の朝一で大子に来るって。それで、もう一泊宿を取ってほしいんだって。そしたら次の日、袋田の滝を見に行ったりできるから、って。袋田の滝ってけっこう迫力あるらしいよ」

「そうか」

せっかく来ているんだし、名所を見ておくのは悪くないかもしれない。

「いっしょに東京に戻って、休み明けは遅番だから、東京の家に泊まって、早朝の新幹線で戻れば大丈夫なんだって」

「さすが結子。完璧だね」

真緒は、そうだね、と言ってくすくす笑った。

「でね、お母さんが、大子でなにしてるの、って。だから、おばあちゃんの持ってるかんざしを作った人がここに住んでいたみたいで、今日はその人の知り合いに会いに行く、って答えたんだけど……」

「え、かんざしのこと言っちゃったの？」

「いけなかった？」

真緒があわてたように言った。

「ううん、いけないわけじゃないけど……。結子にはかんざしのこと、あんまり話してなかったから。それで、結子、なんか言ってた？」

「かんざしって赤い春慶のかんざしのこと？　って。そうだよ、って答えたんだけど」

つまり、結子はかんざしを覚えていた、ということだ。苦い気持ちがこみあげる。あのときのこと、どう思っているんだろう。

「そしたら？」

「わかった、って」

「それだけ？」

「うん。じゃあまた明日、って」

いまの話だけだと、結子がなにを感じたのかまではわからない。でも、結子にもちゃんと話さないといけない。あのとき叱ってしまったことも謝らなければ、と思った。

5

昼食は軽く、早朝の残りのパンですませた。

修次さんの話が聞ける、修次さんの森を見られる。そう思うと少しどきどきしてくる。

午後三時少し前、宿の前に出て待っていると、梶山さんの車がやってきた。お弟子さんたちはいない。漆掻きを終えて、工房で仕事をしているらしい。

谷口さんの家に向かう途中、梶山さんから漆栽培の話を聞いた。

大子の漆は分根で増やすのだそうだ。一年間育てた苗木の根の一部を小さく切って植える。するとそこからまた苗木が生えてくる。

苗木のおもな部分は成木の畑に植え替える。苗木は三十センチ間隔だが、成木は三メートル間隔。この分根と植え替えの作業を三月ごろに行う。すると五月くらいに真っ赤な芽が出てくる。

漆を分根で増やせるのは、雪の少ない比較的あたたかな地域だけ。浄法寺でも高山でも三月はまだ地面が雪で覆われている。だから根ではなく、種子で増やす。漆の種は小さく、発芽率もあまり良くないそうで、どこも苦労しているみたいです、と言っていた。

花が咲くのは六月ごろ。黄緑色の小さな花が房になって咲く。「うるしの会」の三原さんも言っていたが、この花は驚くほど甘くていい香りなのだそうだ。

花が咲き終わるころから漆掻きをはじめ、夏いっぱい掻いたあと、秋になると伐採する。採れた漆は秋になってから精製する。チリやゴミを取り除き、大きな平たい容器に入れ、直射日光のもとで一日かけて練って水分を飛ばす。

「塗料として塗れば水を弾き、接着剤としても使える。日本人はずっとむかしから、こんな恵みを木からもらっていたんですねえ」

梶山さんが言った。

「でも、大昔の人は、漆の樹液にそんな力がある、ってどうして気づいたんでしょう」

真緒が不思議そうな顔をする。

「漆の利用は大陸から伝わったという説もあるし、日本でも独自に使われていたっていう説もある。どっちにしても最初に発見した人はいるわけで……。人がどうやって漆と出会ったのか、ほんとのところはまだわかってないと思います」

「そうなんだ……。不思議ですねえ」

真緒がつぶやく。

「ああ、そうだ。おふたりとも、漆の塗りにもご興味があるんですよね」

「はい」

真緒が大きくうなずく。

「明日の午前中、『うるしの会』で塗りの体験教室があるんですよ。僕が講師で、久野さんもアシスタントで来ます」

「そうなんですか」

「夏休み中なので申しこみが多くて、満席だったんですけど、ちょうどひとりキャンセルが出たみたいで」

「何時からですか？」

真緒が訊いた。

「十時から十二時までです。場所は『うるしの会』の奥の部屋で」

「やってみたいです。おばあちゃん、いい？」

「うん、いいよ。結子が来るのは十二時ごろだから、ちょうどいい。せっかくだからやっておいで」

「いえ、空きはひとりだけど、もうひとりくらい大丈夫ですよ。千絵さんもどうぞ」

「いいんですか」

漆を塗ることができる？　なんだかうれしくて、笑みがこぼれた。

「じゃあ、ふたり分、予約入れときますよ。ああ、そろそろですよ、谷口さんの家」

梶山さんはそう言うと、ハンドルを切って角を曲がった。


「ああ、こんにちは。久しぶりだねえ」

家にはいると、谷口さんが梶山さんに言った。木造の古い家だ。居間に案内され、畳に座る。冷房はつけていないらしい。窓からよく風が通った。

「こんにちは、お邪魔します」

梶山さんが言った。

「どうですか。漆掻き、あたらしい人も慣れてきましたか」

谷口さんが微笑む。

「まずまずですよ」

梶山さんが笑って答えた。

「それで、こちらが修次さんと同郷という方ですか」

谷口さんがわたしたちをじっと見た。

「こんにちは。今日はありがとうございます。中村千絵です。こちらは孫の真緒」

真緒を指し、いっしょに頭を下げた。

「幼いころ高山で春慶の漆工の家で育ちまして、戦後、東京に出ました。修次さんとは高山時代、同じ学校で」

「漆工の家、ってことは、お父さんも職人さん？」

「いえ、そちらは母の実家で……。父は富山出身の銀行員で、転勤で高山に来たんです。そこで母と結婚しました。戦争がはじまる前に両親と兄は東京に出たんですが、いろいろあって、わたしだけ高山の母の実家に預けられていたんです」

「ああ、そうですか。東京は、大変でしたからね」

「それで十五歳まで高山で暮らして、両親に呼ばれて東京に出ました。修次さんとはそれっきりで。祖父母のお葬式で高山に帰ったこともあったんですが、そのときはもう修次さんは高山にいらっしゃらなかった」

「そうですか」

谷口さんがふうっと息をつく。

「漆を採るために大子に行ったんだ、って高山の知人から聞きました」

「うーん、まあ、それも大きかったんだろうけど、家でいろいろあった、っていう話だったなあ」

「家で？」

「わたしも父から聞いた話だから、どこまでほんとかわからないですけど。たしか、お兄さんと折り合いが悪くなったとか」

谷口さんはそう言いながら首をひねった。

「お父さんが亡くなって、お兄さんがあとを継いで、修次さんは根っからの職人だから、塗師の仕事を続けたかったんだろうけど、お兄さんはもう製造はやめて販売だけにしたかったみたいで。漆器だけじゃあ立ち行かなくなってたのかなあ。店を大きくしてほかの土産も売ろう、みたいな話になって。結局修次さんが家を出ることになったんじゃなかったか」

修次さんのお兄さんは東京の大学に出て経営を学び、高山に戻ったと聞いていた。修次さんは無口だから商売に向かず、お兄さんと意見が合わなかったのだろう。

「当時取引のあった漆屋から大子のことを聞いたらしい。もともと大子の漆が好きだったとも言ってたっけなあ。漆掻きのことはよくわからないけど、もう自分で掻くしかない、って、覚悟決めて来たみたいで」

谷口さんはお茶を一口飲んだ。

「修次さんは漆掻きの方法を知らなかったから、ここで漆掻きをやってた父のとこに弟子入りしてきたんですよ」

「そうだったんですね。いくつぐらいのころですか」

梶山さんが訊いた。

「親父が六十代くらいだったかな。わたしは三十代半ばで、まだ半人前だった。いまは梶山さんみたいにきっちり弟子に教える人もいるけど、当時はなにも教えなかった。わたしもそうでしたよ。子どものころから親父のやってること見て、見よう見まねで覚えなくちゃならなかった。そのくせまちがえると怒られるんだから、まったくなあ」

谷口さんは、ははは、と笑った。

「漆掻きにはちゃんとルールがあるんですよ。その土地の持ち主の許可を得て、漆を掻かせてもらう。伐採したり、植えたり、量を調節するところまでちゃんとやらなきゃいけない。そこまでできる人しか漆にさわっちゃいけなかったんだよねえ」

「僕も最初のころ、谷口さんからそう教わりました」

梶山さんが言った。

「わたしは修次さんより年下だったけど、漆掻きの経験は長かったから、兄弟子みたいな感じでね、ときどき修次さんにコツを教えたりしてた。修次さんは無口だけど、ものすごくのみこみが早くてね。黙々と作業するうちに、わたしよりたくさん漆を採るようになっちゃって」

困ったように笑った。

「どうも、塗師の修業でもそうだったらしいんだ。お父さんは口ではなにも教えてくれない。見て覚えた。人一倍観察力があったんだろうなあ」

そうだった。修次さんはいつだって余計なことはなにも言わず、じっと見て覚える人だった。塗りもそうやって覚えたんだ、と言っていた。

「そのうち修次さんはひとりだちして、漆を売ったお金で土地を買って、自分の畑を作った。漆を栽培して、掻いて、器を作る。梶山さんと似たやり方だね」

谷口さんはそう言ってからわたしを見た。

「修次さんの森を見たい、って話でしたよね」

「はい」

わたしはうなずいた。

「じゃあ、行きましょうか。あのあたりは山深いから、日が落ちるのが早い」

谷口さんが立ち上がる。

「前から梶山さんに見せたいと思ってたものがあって。見たら驚くんじゃないかな」

「え、なんですか、それは」

「それは着いてからのお楽しみ」

谷口さんがくすくす笑う。

「気になるなあ、なんだろう。ともかく、遅くならないうちに行きましょう」

梶山さんもそう言って立ち上がった。


谷口さんが助手席に、わたしたちは後部座席に乗った。修次さんの森はとなりの常陸大宮市との境に近い、人里離れた場所にあるらしい。谷口さんの案内で車を走らせた。数十分走るとかなり山深くなってきた。家も畑もほとんどなく、周囲は完全な山林だ。

「あそこですよ」

谷口さんが空き地を指差す。そこに車を停めて降りた。細い山道を抜けると、小さな建物があった。谷口さんが玄関の前に立つ。

「この建物は……」

梶山さんが建物を見まわした。

「修次さんが使ってた小屋ですよ」

思わず息を吞む。

「夏のあいだ、ここに寝泊まりして漆を掻いてたんです」

谷口さんが鍵を開け、木戸に手をかける。がたがたと音がして、戸が開いた。小さな建物のなかが見える。修次さんが使っていた小屋。そう思うと、胸がしめつけられた。

「きれいだね」

真緒の声に、はっとした。たしかにきれいだ。修次さんが亡くなったのは五年前と聞いた。それにしてはきれいすぎる。山の中の一軒家、しかも古い建物だ。五年も経てば朽ちてしまいそうなのに。

床だって土埃で汚れているはずなのに、きれいに掃き清められている。なかをのぞくと、奥に畳の部屋があった。片づいていて、畳もきれいだ。新品ではないけれど、きちんと手入れされている。

「きれいですね。いまでもだれか住んでるみたい」

わたしが訊くと、谷口さんがにんまりと笑った。

「そうでしょう? つい先日までわたしがここに泊まってたんです」

「谷口さんが?」

梶山さんが驚いた顔になる。

「まあ、とりあえず、森を見に行こうか」

谷口さんはまたにんまり笑った。

建物の裏にまわり、また少し小道を歩く。突然鬱蒼とした森が途切れ、下草がなくなった。目の前に同じくらいの高さの木が整然とならんでいる。

「漆だ」

梶山さんが立ち尽くしている。たしかに漆だった。木の大きさごとに区画が分けられ、みな等間隔に立っている。しかも……。

「これ、なぜ傷が……」

梶山さんが驚いたようにつぶやく。正面にいちばん大きく育った木の区画があり、そこの木々の幹にはすべて黒い傷がついていた。梶山さんのところの漆と同じように。逆三角形の傷。ひと塊に十数本。これは今年つけたものだ。

「わたしが掻いたんだ」

谷口さんの声がした。

「え？」

梶山さんが谷口さんを見る。

「体調を崩して漆掻きの仕事は辞めたんだけどね。そのとき自分の畑は『うるしの会』に譲った。でもここは手放せなくて、そのままにしていたんだよ」

谷口さんが言った。

「いまでも木の手入れをしているというのは聞いてましたが」

梶山さんが訊いた。

「うん。最初は手入れだけ、って思ってた。いずれはここもだれかに譲ろうと思ってね。すぐに漆を掻けるように、それまで手入れしておこう、って」

谷口さんがならんだ木をながめる。

「もともとは修次さんの木だ。立派だろう？」

そう言って、近くにあった木を見上げた。

「医者からはもう山の仕事は辞めた方がいい、って言われていたけど、六月にここに来たとき、ちょうど花が咲いていてね。甘い匂いがして、そしたらいても立ってもいられなくなって。寿命を縮めてもいいから、もう一度漆を掻こうと決めた」

「もしかして、さっきの小屋に寝泊まりして……？」

梶山さんが驚いて谷口さんを見る。

「そう。それでしばらく連絡がつかなくなってしまって、すまなかったね」

電話がつながらなかったというのはそういうことだったのか。

「今年だけ、って思ってる。来年身体が動くかわからないしね。だけど、人生の最後にこうやってまた木と向かい合えてよかった」

もう先は長くない。だからもう一度だけ漆を掻きたい。年が近いだけに、その気持ちは少しわかる。自分がこの世から去る前に、会いたかったものに会いたい。見たかったものを見たい。

「ここにいるといろいろなことがわかるんだ。ひとりっきりで木に向かってるときがいちばん、ほんとのことに近づける」

谷口さんが満足そうに笑った。

「修次さん、言ってたんだ。言葉なんて話したってしょうがない、って。だから自分は人とうまくやれなかった、人より木に近いのかもしれない、って。そのときは修次さんが冗談を言うなんてめずらしいと思ったけど、冗談なんかじゃなかったのかもしれない」

梢の合間から見える空に大きな雲が流れている。

「むかしは修次さんのこと仙人みたいだ、って思ってたんだけどな。修次さんは結局家族も作らなかった。ただ漆を塗っていれば満足なんだな、って思ってた」

家族を作らなかった。そうだったのか。修次さんはひとりが好きだった。漆のことばかり考えていた。そう、だからきっとひとりじゃない、漆とともに生きていたんだ。

「けど、いまは少しわかる。わたしも木に近づいているのかもしれないなあ」

谷口さんがふうと息をついた。

「それで、梶山さんに頼みたいことがあるんだよ。わたしは秋までここで漆を掻く。だけど、たぶん伐採まではひとりでできない。だから手伝ってもらえないだろうか。それで、ゆくゆくはこの森をまかせたい」

「え？」

「わたしが死んだら、この土地は梶山さんに残す」

「そんな……。いいんですか？　漆の世話をするのはなんとかなると思いますが」

梶山さんが戸惑ったように訊いた。

「人も増やして、漆も増やそう、と思っていたところでしたから」

「うちの親戚には漆にかかわっている人はいないんだ。ちゃんと漆の未来を考えてくれる人に渡したかった。いまだけじゃなくて、未来を考えてくれる人に。修次さんもそう望んでるだろう」

「わかりました」

梶山さんが返事をする。

「引き継いだからには、責任を持ってこの森を守ります」

梶山さんの言葉に谷口さんは黙ってうなずいた。

さっきの小屋に戻り、畳に座った。縁側の先に漆の森が見える。修次さんはこの風景を見ながら暮らしていたのか、と思った。

「そういえば、この小屋には修次さんの道具類も残っていたんですよ。鎌もへらも。見ますか？」

谷口さんが訊いてくる。わたしがうなずくと、部屋を出て、どこかから道具を一式持って戻ってきた。

「漆掻きはみんな、道具も自分で調整してました。自分で作ってる人もいた。身体の一部のようなもんです」

畳の上に道具を広げていく。どれも使いこまれ、漆で黒くなっている。

身体の一部。修次さんは亡くなったけど、身体の一部、魂の一部はここに残っている。

道具を順に手に取り、修次さんの手の跡を確かめる。

「これは？」

道具のあいだに、紐のついた小さな巾着袋があるのを見つけ、谷口さんに訊いた。

「さあ、それは道具じゃないと思いますけど。そういえば、修次さん、いつもそれを首からさげていましたよ。お守りみたいなものじゃ、ないですか」

「お守り……？」

と言っても、神社のお守りとはちがう。さわってみるとやわらかかった。

「なにがはいってるんだろ」

真緒が首をひねる。巾着の口を開き、なかに指を入れる。布のようなものがはいってい
る。袋から引っ張り出し、広げた。

「なんだろ？　布？　柄があるね」

真緒が言った。たしかに柄がある。花……？

あっと思った。

これはわたしの……。

小学校のころ、わたしが着ていた着物の端だ。祖母に縫ってもらった着物。梅の花の柄がかわいくて、いちばんのお気に入りだった。

あのとき。大きな子につきとばされて修次さんが怪我したとき。ほかに傷を縛るものがなくて、仕方なく裂いて使ったのだ。

家に帰って祖母にはひどく叱られたけど、友だちの怪我の手当てをした、と言うと許してくれた。そうして別の着古した着物の布で継いで、直してくれた。

修次さん、これを持ってたんだ。ずっと……。布はきれいに洗われていたようで、染みは見えなかった。あのときと同じように、かわいらしい梅の花が咲いていた。

「これ、おばあちゃんの着物？」

真緒が言った。

「え、なんで？」

なぜ真緒が知っているのだろう。

「前にアルバムで見たよ。これと同じ柄の着物を着たおばあちゃん。その写真見ながら、真緒はおばあちゃんに似てる、って、よく言われてたから……」

「ああ、そうか」

そういえばそんな写真があった。父の知人に家の前で撮ってもらったものだ。あのころはまだカメラを持っている人なんてほとんどいなかった。

「そうか、修次さんも漆だけじゃなかったんだなあ」

谷口さんが息をつく。

「人と気持ちを交わしたこともあったんだ。よかったよ」

ほっとしたように言う。でも……。高山を出たあと顔を合わせたこともない。便りだって途中で途絶えてしまった。

「その布は持ってってください。中村さんが持ってる方が修次さんもうれしいだろう」

高山での日々がどこか奥の方からこみ上げてくる。

家の前の道に立ちこめる朝もや。遠くを飛んでいく鳥たち。江名子川のせせらぎ。これまで思い出さなかったあれこれが、目の前にあざやかに浮かびあがる。

学校の授業中、修次さんがときどき居眠りしていたこと。先生に指されても、うつむいたままなにも答えなかったこと。なにもしゃべらずにふたりならんで家に帰ったこと。同級生の男の子たちにバカにされても、ただ黙って知らんぷりしていたこと。

全部なつかしい。どうしたらいいかわからなくて、目頭が熱くなる。

やっぱり、もう一度会いたかった。

涙がぽろっと落ちた。

「修次さん」

小さく名前を呼ぶ。

わたしが東京に出る日の朝早く、修次さんはやってきた。そうして無言で小さな包みを出した。受け取って開くと、あの赤いかんざしがはいっていた。

きれいだった。この世のうつくしいものが血のしずくになって空から落ちてきたみたいだった。目を奪われて、わたしはただじっとかんざしを見つめていた。

――ありがとうえな。

声がして、顔をあげた。修次さんは笑うでもなく泣くでもなく、いつもと同じ無表情な顔で、こっちをじっと見ている。

なにも言えなかった。言いたいことが胸の奥からわきあがってくるのに、形にならない。声が出ない。

――そしゃ、あばな。

修次さんはそれだけ言うと、くるっとうしろを向いて、走っていった。

わたしはただ突っ立って、なにも言えなかった。

「ありがとうえなー」

言葉が口からこぼれ落ちる。あのとき言いたかったことだけど、それだけじゃない。これまでずっとありがとう、という意味だった。

風が通る。顔をあげる。ざあざあと木の葉の揺れる音がして、空が夕焼けの色に染まっていた。

エピローグ

明日大子に行く。電話でそう言うと、真緒は驚いたようだった。

ネットで調べて、東京から大子までかなり時間がかかることはわかっていた。それでも行きたかった。せっかく取れた二連休だから三人で過ごしたいというのもあるが、かんざしや漆のことが気になっていたからだ。

少しでも早く大子に着きたくて、夜の新幹線で東京に向かった。母と真緒が出かけているから、大森の家にあかりはついていなかった。鍵を開け、電気をつける。

「ただいま」

だれにともなくつぶやく。

久しぶりだ。夏前に一度戻ってきたきり。でも、このなつかしさはそういうことじゃない。真緒といっしょにこの家に戻ってきてから、わたしが家にいるときはいつも母か真緒がいた。ひとりっきりなんて、結婚前にここに住んでいたとき以来なんじゃないか。

荷物を置き、リビングのソファに腰をおろす。しずかだ。なんの音もしない。ふいに、若いころこの家に漂っていたひんやりと湿った空気を思い出した。こうやってひとりでいると、世界のすべてから取り残されてしまったような気持ちになった。

あれからずいぶん時間が経った。家は古くなったし、母もわたしも年をとった。あちこち傷んだ壁をながめていると、子どものころの団欒《だんらん》の記憶の断片が浮かんでは消えた。

ふう、と息をついて立ち上がる。グラスに水を入れ、ひとくち飲んだ。

あのかんざしが母にとって特別なものであることはわかっていた。高校時代、わたしが勝手に引き出しを開けてかんざしを見たときの母の顔は、それまで見たことのないものだったから。

あのときわたしは怖くなってすぐに謝った。でもいま思えば、叱られて怖かったのではない。母の顔に悲しみが満ちていて、そのことが怖くてたまらなかったのだ。

母のなかに、苦しみがある。暗く沈んだ部分がある。それがわたしを不安にさせた。自分の生きる足元に底のない沼があるような気がした。

子どもだったのだ。大人には、とりわけ母には暗い部分などない、と無邪気に信じていたのだろう。もっと言えば、大人の胸のうちにやわらかく傷つきやすい部分があるなんて想像もしていなかった。

それ以降、あのかんざしがなんなのか話したことはない。母は漆工の家で育ったから、きっとそのころの思い出にかかわるものだろうとは思っていた。だが、きっとそれだけじゃない。あれは母の魂にかかわるものだ。

――おばあちゃんの持ってるかんざしを作った人がここに住んでいたみたいで、今日はその人の知り合いに会いに行くの。

真緒は電話でそう言った。

かんざしを作った人が大子に住んでいた？　ということはつまり、都竹の家の人ではない、ということか。

真緒は母と高山に行った。それから大子にも。ある程度母の過去の話を聞いたんだろう。孫だから話したのか？　わたしが聞いてはいけないことなのか。

でも。やっぱり話しておきたい。いまなら訊ける、この機会を逃したら、二度と訊けないかもしれない。そう思った。

朝早く家を出て、特急と水郡線を乗り継ぎ、お昼ごろ大子に着いた。駅前にはのんびりした空気が流れている。古い商店街を歩き、真緒から言われていた「うるしの会」の建物を探した。

真緒に教えられた建物を見つけ、インターフォンを押す。しばらく待っていると、なかから女の人が出てきた。

「すみません、今日のワークショップに参加している者の家族なんですが」

「ああ、中村さんですね。どうぞあがってください。いま片づけているところです」

建物にあがり、女の人のあとについて廊下を歩く。あちこちに漆関係の品々や説明書きが展示されている。大学で博物学を学んでいたころのことを思い出した。

奥の方からがやがやした声が聞こえてきた。つきあたりの右の部屋から人が出てくる。

「ありがとうございましたあ」

女性が三人お辞儀をして玄関の方に向かっていった。部屋のなかをのぞくと、テーブルの上に箸が何本も立てられている。

「お母さん」

真緒の声がした。部屋の奥から荷物を抱えて出てくるところだった。

「お箸塗ったの。特別にお母さんの分も作らせてもらったんだよ」

あかるい声だった。前に見たときよりずいぶん日に焼けている。母は水道の近くで講師らしい男性に何度も頭をさげていた。

真緒おすすめのしゃもの店で昼食をとったあと、漆器のお店に向かった。今回のワークショップの講師の梶山さんという人の店で、今回の旅でずいぶんお世話になったらしい。

梶山さんの漆器店は古い店蔵で、むかし呉服屋だった建物を借りたのだそうだ。ひんやり薄暗い店内にゆったりと漆器がならんでいる。

金沢の漆器はきらびやかな細工がほどこされているものが多く、少し仰々しいし、洋風のダイニングに合わせにくい。だがここの器はふだんでも使えそうだ。手に取ってみると、人の手でしっかり作られたものだけが持つふくよかなぬくもりが感じられた。

螺鈿、沈金、蒔絵、堆朱《ついしゅ》。大学で勉強していたとき、手のこんだ細工の漆器を美術館でいくつも見た。けれどこういう細工のない器を見ていると、漆とは、大学で研究するのとはまったくちがうものなのではないか、という気がしてくる。

真緒の話では、この店では漆を育てるところから、漆掻き、精製、木地作り、塗りまですべて行っているらしい。そのていねいな作り方がこの手ざわりを生むのだろう。

春慶も用の器で、装飾はない。代わりに木目のうつくしさがある。

木が生きているときには見えない、木の奥底の姿。木の骨を木の血液で覆う凄まじさ。しずかに見えて、激しいものがひそんでいる。

あのかんざしもそうだった。生きることが凝縮したような艶だった。

母と相談し、思い切って椀を買うことにした。どれもシンプルな椀だが、形や大きさにいくつか種類があり、母と真緒と三人、それぞれ気に入った椀を選んだ。

それからタクシーで袋田の滝に向かった。長いトンネルを抜け、吊り橋に出る。目の前に大きな滝が迫ってくる。大量の水が大岸壁を落下し、飛沫《しぶき》をあげている。さらに進んで、滝を間近で見られる観瀑台へ。

どどどどどと轟音が響く。滝壺からわずか十メートルほど。水飛沫で空気もひんやりしている。はるか上から落ちてくる水。滝川に流れ落ちてゆく水。形がない水がさまざまに姿を変える。

そこからエレベーターで第二観瀑台にあがる。最初の観瀑台からおよそ五十メートル上にあり、滝の全景を見渡すことができた。

吊り橋に戻ると、真緒は上流にある生瀬滝《なませだき》というもうひとつの滝まで行きたい、と言った。歩いて二十分ほどらしいが、アップダウンがあるというので、わたしは母とふたりで先に戻ることにした。

帰りはトンネルを通らず、吊り橋から散策コースを歩いた。蟬の声が響き、濃い緑の梢に光が揺れる。山のむせるような匂いがした。母はひと足ひと足確かめるようにゆっくりと歩いている。

「ねえ、結子」

母が空を見上げ、話しかけてきた。

「なに？」

横にいる母を少し見おろす。前はわたしとそう変わらない身長だったのに、いつのまにかずいぶん小さくなった。

「赤い春慶のかんざしのこと、覚えてた？」

前を向いたまま、母が言った。

「うん。覚えてたよ」

短く言ってうなずいた。

「あんときはごめんね。強く叱っちゃって」

少しうつむきがちに母が言う。

「いいよ。大事なものなんでしょう。わたしだってそれくらいちゃんとわかったよ」

「そうか」

母はうなずいた。

「真緒から聞いたよ。あのかんざしを作った人がここに住んでた、って。その人と、会えたの？」

思い切って訊いた。

「会えなかった。五年前に亡くなったんだって」

母は遠くを見た。

「そうか」

「でも、来てよかったよ。その人を知っている人から話を聞けたし、住んでいた場所にも行けた。真緒のおかげだよ」

母は今回高山と大子で起きた出来事を話してくれた。

かんざしを作ったのが、修次さんという幼馴染だったこと。東京に出るときにかんざしをもらったこと。修次さんとはそれっきりになり、消息がわからなくなってしまったこと。高山に行って修次さんが大子に越したことを知り、ここまでやってきたこと。

「修次さんの育てた漆の森を見ることもできたんだ。夕暮れどきで、なにもかも夕焼け色で、きれいだったよ」

母は目を細める。わたしの知らないあいだに、母と真緒がそんな深い旅をしていたことに驚いた。

「漆の職人になりたいと思ったこともあったんだ。うつくしいものを生み出す仕事をしたかった。でも、なれなかった。あのころは生きてくだけでやっとだった、っていうのもあるけど、結局覚悟が足りなかったんだよねえ」

　母がつぶやく。

「ずっと言わないできたし、死ぬまで言わないつもりだったけど、かんざしのことであんたを怒ったころ、悩んでたんだよね」

「お父さんのこと？」

　わたしが訊くと、母は少し驚いた顔になる。

「うまくいってなかったんでしょう？」

「気づいてたんだ。そうか、そうだよね。うん、そう、うまくいってなかった」

　母が深く息をつく。

「あのころ、お父さん、単身赴任先にほかの女性がいたんだよね」

　母の言葉が胸に刺さってくる。予想していたことだったけれど、母の口からその言葉が出ると、思ったより重く、痛かった。

「そうだったんだ」

　子どものころの思い出が崩れていくような気がした。子どものころのわたしにとって、あの家は安心で安全な場所だった。いつのころからかそれがおびやかされ、崩れてしまうことにおびえてきたけれど、表面はまだ形が保たれているように見えていた。

だけどちがった。

あの形は嘘だった。ほんとは割れた器のようにばらばらだったのだ。

しばらく重苦しい沈黙が続いた。木々の梢が大きくうねるように揺れた。

「けどね、結局東京に戻ってくるとき、その人とは別れたみたい。それからはなにもなかったと思う」

少しして、母は嚙みしめるように言った。

「怒ってないの？」

「ずっと苦しかったし、わだかまりはあったよ。けど、わたしが知っているって、お父さんには言わなかった。そういうところには蓋をして、見ないふりしてやってきた」

「うん」

家のなかにわけのわからない薄暗い部分がある。あのころはずっとそう感じて生きていた。わたしも同じだ。蓋を開けるのが怖かった。だから見て見ぬふりをした。母の苦しみを無視して、平然と暮らしていた。

「ごめん。なにもできなくて」

苦しくなって、謝った。

「なんで。結子が謝ることじゃ、ないでしょ？　それに、だれよりわたしがあの暮らしを壊したくなかったんだよ。お父さんを責めて、お父さんに勝ったとしても、家が壊れてしまったら、わたしの居場所はなくなってしまう。そう思ってた」

若いころはきっとわからなかっただろう。でも、いまは母の気持ちが少しわかる。

「あああ、でも、だからだったのかもしれないね、あのころ金継ぎに夢中になったのは。取り憑かれたように器を継いで、割れてしまったものをなんとかつなぎ合わせて、そうやってなにかをつなぎとめようとしてたのかもしれない」

「そうかもしれないね」

「苦しいとき、よくひとりであのかんざしを出して見てたんだ。漆の艶のうつくしさを見てると、いろんなことがどうでもよくなる。この世にはこんなにきれいなものがあるんだ、と思うと元気が出た」

母が心を保っていられたのは、漆の力なのかもしれない。母の子ども時代が母の壊れそうな心をつなぎとめていた。

「でもね、いまはお父さんのこと、恨んではいないんだよ、ほんとに。お父さん、わたしが気づいてるって、ほんとは知ってたのかな。よくわからない。そのこと、話したことがないから。だけど、会社を辞めてからは少しずつおだやかになって、ありがとう、って言ってくれるようになった」

母がうつむく。

「あんたが離婚したあと、お父さん、ずいぶん気落ちしてたんだよ。自分が悪かったのかなあ、って。報いを受けているのかな、って」

「そうなの？」

「うん。気弱になったなあ、って思った。そのあとしぼむみたいに身体も弱っていって。けどね、倒れてから、あんたが手伝いにきてくれるの、喜んでたんだよ」

「そうなの？」

「あんたが来たあとはいつも機嫌が良かった。それに、真緒はあんたに似てる、って。真緒を見てると、あんたの小さいころを思い出す、って。それで、亡くなる前、わたしに、悪かった、って言った。なにが悪かったのかは言わなかったけど」

何度も手伝いに行ったけれど、父が息を引き取ったとき、わたしはそばにいなかった。いたのは母だけ。

「お母さん、えらかったよね。最後までちゃんと面倒見て。ずっとえらいなあ、すごいなあ、って思ってた」

途中で別れてしまったわたしとは大ちがいだ。そんな言葉が喉まで出かかる。

「そんなことないよ。わたしは全然やさしくない。人にやさしくするのが下手くそで、だからうまくいかなかったんだ」

母はため息をつき、空を見上げた。やさしくない？　そんなふうに思ったことはなかった。母に育てられたから、そういうものだと思っていた。もしかしたらわたしも同じなのかもしれない。だからうまくいかなかったのかもしれない。

「わたしも、ほんとは漆の研究をしたかった。大学院に行くの反対されたとき、なんでわかってくれないんだろう、って思った。女は学歴が高いと結婚できないって言われたのもすごくいやだった。男女平等なんて言っても嘘なんだ、って」

「うん。知ってたよ」

母がうなずく。

「でも、いまは少しわかる。要するに分不相応だった、ってことなんだろうって。大学の研究者や学芸員になるには教養が必要なんだよね。学校で学ぶ以上の。家柄が良くなければ身につかないような。お父さんは、わたしが大学院に行ったら苦労する、って知ってたんだ」

外で働いているからわかることだ。父は父なりに社会的な尺度でわたしを心配していたのだろう。結婚に失敗したときも、渋い顔をして家に戻ることを許さなかった。世間体しか考えてない、と思ったけれど、父は父なりに苦しんでいたんだろう。

保身もあっただろう。父だってひとりの人間なのだ。なんでもすべて許せるわけではない。

「けどさ、結局、自分が臆病だっただけ。ほんとにやりたかったら、親の反対を振り切ってでも突き進むしかない。その勇気がなかった。憧れてただけで、きっとそこまでの思いはなかったんだと思う」

少し笑って母を見る。

「そうかもしれないね。わたしもだよ。塗師になりたかったのは、うつくしいものを作りたかったから。けど、いまは繕いでよかった、と思ってる。人が使ってきたものを直す。それがわたしの道だった、って」

母は晴れ晴れと笑った。

「わたしもそうかな。ホテルの仕事、いまはすごく楽しいんだ」

離婚する前、早く昇進したいと焦っていたのも、進学できなかった代わりに早く出世したかっただけなのかもしれない。ホテルのなかで地位が欲しかった。

母と同居するようになって現場に復帰すると、仕事に対する意識が変わった。育児は自分でコントロールできないことの連続だ。その経験を経て、前には見えなかったものが見えるようになった。

ひとりひとりのお客さまにそれぞれの人生があり、そのなかのほんのひとときをこのホテルで過ごしている。そう肌で感じるようになった。人に喜んでもらえるのがうれしかったし、学ぶことも楽しくなった。

ホテル周辺の情報や時事問題にも関心が芽生え、錆びついた語学も通勤電車のなかの読書で復活させた。前はどんなに望んでも手が届かなかったのに、定年退職前の上司がわたしをコンシェルジュに推してくれた。

——ようやく、この人は頼れる、と思ってもらえる顔になったね。

そう言われて、ありがたくて、言葉もなく頭を垂れた。上司の退職の送別会では感謝のスピーチをして、不覚にも壇上で泣いてしまった。

少しうつむきながら、母とふたり、細い道を歩く。

地面の上に木漏れ日がちらちら揺れる。

「修次さんに会えなかったの、残念だったね」

前を向いたままぼそっと言った。

「ううん、いいんだ。会えなかったけど、お礼は言えた」

母は顔を上げ、遠くを見つめる。

ざあああっと目の前が開け、母の見た夕暮れの漆の森が見えるような気がした。

おりてきた真緒と合流し、宿に向かった。母と真緒が昨日まで泊まっていたところは今日は満室だったらしく、袋田の滝に近い別の宿を取った。温泉に入り、夕食をとり、久しぶりに三人でのんびりした時間を過ごした。

真緒は写真を見せながら、高山と今回の旅でのできごとを話してくれた。高山では母の生家や知り合いを探すうち、母の小学校の同級生すずちゃんと偶然再会し、母は元同級生たちと高山をめぐり、真緒はすずちゃんの孫の航さんが通う木工の工場を訪ねた。

すずちゃんの旦那さんの伝手で修次さんの行方を知り、大子へ。梶山さんの漆の畑に行き、漆掻きの作業を見せてもらい、修次さんと付き合いのあった谷口さんを訪ねた。そうして、谷口さんが受け継いだ修次さんの漆の森まで行った。

写真を見ながら話を聞くうち、わたしもまた漆の森にはいりこんだような気持ちになった。鬱蒼とした木立。濃い緑の匂い。虫の声。鎌で作った傷から滲み出る漆の樹液。実際に見たわけでもないのに、強烈な感覚が押し寄せてくる。

真緒の進路の話も聞いた。まだ具体的なことはわからないが、ものづくりの道に進みたい、と言う。いまは会社にはいったからといって安心できるわけでもない。航さんや梶山さんの弟子の久野さんという女性の話を聞くと、そういう道もあるのかもしれない、と思う。

航さんは秋になって大学がはじまれば東京に戻ってくる。そうしたらもう少しくわしく話を聞いてみたい、と真緒は言った。以前は、こう考えたんだけどいいかな、などと判断をゆだねてくることが多かったのに、自分で決めて進もうとしている。

母は君枝さんの引っ越しの話をして、いつか九州に行ってみたい、と言った。来年はわたしも東京に戻っている。真緒の受験が終わったら三人で九州に行くのもいい、と思った。

翌日、大子の近辺を少し観光してから、昼過ぎの電車で大森に戻った。

家に帰ると、真緒は自分が繕った器を見せてくれた。ずいぶん上達していて驚いた。器の棚を見ていると、なぜかほっとした。

茶碗をひとつ手に取る。縁に繕った跡がある。継ぎ跡は大子の森や高山へ、母の若いころの時間へとつながって、どこまでも広がっている。

赤いかんざしも見せてもらった。つややかでなめらかでうつくしい。だが、高校生のときに感じたような、激しいものはあまり感じられなかった。

やさしい、と思った。

金沢の骨董屋で買った香合のことを思い出した。あの香合もこんな色だった。次に東京に戻るとき、あれも持ってこよう。母と真緒に見せたらきっと驚くだろう。そして、この家に飾ろう。

なにもかも少しずつ動いていく。いまは母もいて、真緒もいる。でも、いつか母は亡くなり、真緒は巣立っていく。十年後、大森の家に住んでいるのはわたしひとりかもしれない。人の命なんて一滴のしずくのようなものなんだろう。

東京勤務に戻ったら、わたしも母から金継ぎを習ってみようか。

ぼんやり考えて、首を小さく横に振る。どうせ帰ってきたら帰ってきたで、日々のあれこれに追われてそんな時間はないのだろう。わたしもまたわたしの仕事をしっかりまっとうし、生きていくだけだ。

母と真緒の笑い声が響く。かんざしを手のひらで包み、遠い場所に思いを馳せた。

この作品は書き下ろしです。

取材協力

NPO法人　麗潤館

辻　徹（大子漆八溝塗工房　器而庵）

金継《きんつ》ぎの家《いえ》

あたたかなしずくたち

ほしおさなえ

令和元年10月10日　初版発行

発行人——石原正康
編集人——高部真人
発行所——株式会社幻冬舎
〒151-0051東京都渋谷区千駄ヶ谷4-9-7
電話　03(5411)6222(営業)
　　　03(5411)6211(編集)
振替00120-8-767643
印刷・製本—株式会社　光邦
装丁者——高橋雅之

幻冬舎文庫

ISBN978-4-344-42908-6　C0193　　ほ-16-1

幻冬舎ホームページアドレス　https://www.gentosha.co.jp/
この本に関するご意見・ご感想をメールでお寄せいただく場合は、
comment@gentosha.co.jpまで。